昨夜东风

黄玉俊◎著

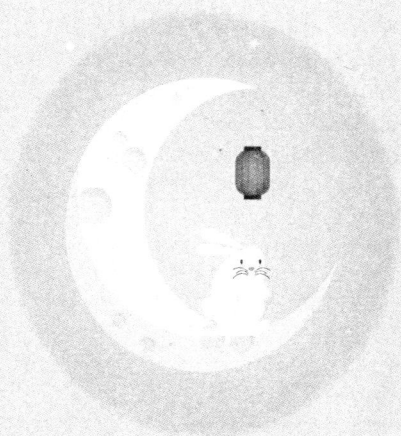

黄河出版传媒集团

宁夏人民出版社

图书在版编目(CIP)数据

昨夜东风／黄玉俊著 . —银川：宁夏人民出版社，
2020. 9

ISBN 978 – 7 – 227 – 07258 – 4

Ⅰ.①昨… Ⅱ.①黄… Ⅲ.①诗集 – 中国 – 当代
Ⅳ.①I227

中国版本图书馆 CIP 数据核字(2020)第 164894 号

昨夜东风　　　　　　　　　　　　　　　　　　黄玉俊　著

责任编辑　杨敏媛
责任校对　陈　晶
封面设计　文飞燕
责任印制　陈　哲

黄河出版传媒集团
宁夏人民出版社　出版发行

出 版 人　薛文斌
地　　址　宁夏银川市北京东路 139 号出版大厦(750001)
网　　址　http∥www. yrpubm. com
网上书店　http∥www. hh-book. com
电子信箱　nxrmcbs@ 126. com
邮购电话　0951 – 5052104　5052106
经　　销　全国新华书店
印刷装订　四川金邦印务有限公司
印刷委托书号　(宁)0018226

开本　880 mm×1230 mm　　1/ 32
印张　8. 25
字数　180 千字
版次　2020 年 9 月第 1 版
印次　2020 年 9 月第 1 次印刷
书号　ISBN 978 – 7 – 227 – 07258 – 4
定价　48. 00 元

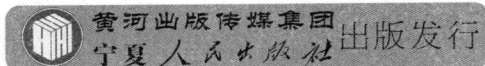

竹影朦胧松影长

——黄玉俊诗集《昨夜东风》序

叶延滨

　　读毕黄玉俊的诗稿《昨夜东风》，脑海里浮现中唐诗人卢纶的这句诗。也觉奇怪，细细想来，黄玉俊的诗集留在我心中的是一片生机葱郁的世界。这个世界是黄玉俊写的一首首诗，生机盎然如竹如松，互相映衬迎风送雨，给读者心里留下了青葱清雅的天地。诗人黄玉俊再次让我感受到江淮浓郁的文人气息。他的诗歌中有较深厚的传统诗学修养，笔下的诗句典雅脱俗，在眼下流行快捷通俗时尚口语的诗坛，黄玉俊的诗歌显然不是手机和键盘上敲出来的急就章，而是一个当代文人面对天地发自内心的吟咏。就目前诗坛而言，各类高手云集，各有千秋，写法无论高下，大体三种语言姿态：一是以西方现代主义为模板的诗歌，用中文写出像翻译诗的笔法，其中高明者走红于学院派批评家；二是以口语入诗的通俗口语体，比说话还要直接的分行呈现，网络上多，且自称先锋；三是从传统诗学转身于现代文人写作，这一批诗人中的高手，文气充盈，笔墨饱满，文字讲究，努力在让新诗与时代相融的时候，也与传统气血相通。这三种语言姿态在当下诗坛十分活跃，各自也有高下之分。现代主义学院派有人朦胧也有人晦涩。口语写作有的烟火气重，也有口水长流。文人写作同样有高下之分，有高手文墨淋漓破壁出新，也有人饱读诗书难脱窠臼。黄玉俊的诗主要是文人写作的路子，他的修养，他的才学，他的努力，都在这本集子里能找到佐证。说他是江南才俊，笔墨风流，读他的《滴水寒秋》正是滴水可鉴："借一滴水观潮/何处安放落日/梦和归途悬在空中/小桥流水　我恰好与你相逢/雨色关窗//一坛老酒深不见底　诗厢之外/一切都成熟得凋落/杯中寒水　如旧居的遗址/错身　渡过辽阔月光/醉和醒只隔一句善良的劝言/青丝流尽　一夜间白发婆娑//将含恨的一页掀开　白云被雁阵省略/风霜就住在昨夜的辗转中/西风渭水　沉疴暗结往事

此是一种修炼/秋波一滴　便能吞没江河//多年未见/烛焰木讷像旧时的枪刺/一碗红油豆腐嘘寒问暖/过些日子　遥望雪野

在心中点墨/似乎要干净些。"诗人黄玉俊的言说方式是文人的，诗人选用的词和句是在节气更替里渗透风雨的，诗句里呈现的意象是东方的，诗歌营造的意境是文人的心境。读到这样的诗，我对诗人的敬意油然而生，因为他懂传统，因为他饱读诗书，因为他承续了应有的诗人襟怀。文字是人的血脉，假不了的，犹如取一滴血，可知这个人健康与否。读一首诗，滴水知秋，让我看在眼里的是诗人黄玉俊的文人情志。

黄玉俊这本诗集，题材丰富，有抒怀之作，有写现实感悟，有行吟山水，有亲情倾诉。与一般习诗之人不同，黄玉俊不同题材的诗作，都有传统诗歌中大家名篇的影响，这叫有来路，可知其文化之根。如他神游山水的诗作中，有写李清照

的，直接从李清照的词中一句诗为题，《怎一个愁字了得》就是一首好诗："一个字就占了你一生／把枯井淘空／雨滴是最后的秋收／鸥鹭的羽翅已飞向另一个季节／／从盛开走来／将落日藏进余生的伤口／在诗中煨药　深知／碑文并非一笔就能了就／今夜究竟有多长／将山重水复归敛成一星烛火／摇摇欲坠。"取其一句，放开思绪，尽情挥洒，最后完成一首现代意味的象征诗篇。什么叫有文化？就是在常人眼里的寻常风景中，看见历史，看出人生，看懂世事，笔下诗行能够见人，识史，明理，生趣！有来路是非常重要的，因为有了文化之根，能成大树，而非浮萍，可脱粗鄙，而趋高雅。话又说回来，诗人不是一般的文人，通俗地讲，饱学之士可成学究，不一定能成为一位好诗人。黄玉俊是有悟性的人，他觉察到这是个重要的问题，他的诗作《我在高楼的影子里歌唱》值得一读："往事　仍在口口相传／心中尽是刚刚别离的面孔／仿佛有人在叹　我亲爱的故乡／高楼　再往上一点就是天空／我在高楼的影子里诉说着／所有光芒的不幸／歌声潜回灯火／在一滴酒中敲击寒窗／然后唱出醉意如风花雪月／青山绿水散成飞花／迫使我分秒必争地观望风向／越过梦想　摘一片蓝天的叶子／让所有的飞鸟认可我的悲伤……"这是一首很有现代气息的佳作，他用了许多传统的意象，却创造了现代性强烈的诗句：摘一片蓝天的叶子，让所有的飞鸟认可我的悲伤。这是人性孤独的呼喊，也是对自我重新的追寻。而我还想强调的是，诗人在这里不仅写出了人性的困境，也写出了文人写作的通常困境：深厚传统犹如高楼，从传统走来的诗人常常在高楼般的影子里歌唱。许多有才华的诗人，最后无法实现自我，写出属于自己也属于自己所处时代的佳作，就是因为没能走出传统的影子，一生都在影子里歌唱。

黄玉俊认识到这一点，实在是他有很高悟性的证明，因为只有走出了高楼的影子，太阳才会在大地上画出诗人的身影！

应该承认，传统诗词对黄玉俊的影响深厚，这让他有足够高的起点，有不俗的气韵，但也必然会有描红的印痕，也会有习惯于传统文字表达。比方说，集子中一些诗歌的题目，取其传统诗词的名句妙词，稍嫌陈旧，如果换个角度或打破一下惯性，就会另上层楼。如写赤壁的诗："江河向东 不见那一年的流水/转瞬千载 日月依旧高悬/那一场东风纵火 烧亮千里江湖/血肉横飞的赤壁/江水鼎沸的赤壁/连船载马 失却江山/在多少诗文中让乾坤翻转……"这样的诗句有才情，但却因写赤壁有太多佳作，难以让人记住。好就好在这首诗有一个脱出窠臼的好题目《大火将赤壁烧成一面镜子》，一个好题目，就是一个新视角，展现的是一个新天地。我读此诗集，看重的就是黄玉俊在文人写作的路子上脱出窠臼，突破创作的所有努力。哪怕是题目上不随意借用旧词，而是说一句自己的新发现，就是成就的开始。

文人写作这条路是正道，许多学习传统的诗人，坚持了诗歌大道守正的传统，但却没有把主要的努力放在突破创新方面，因此写作的人多作品也多，却难有脍炙人口的佳作。我十分赞赏黄玉俊在这条路上的坚持，同时更看重他在坚持诗歌高雅品格的同时，努力有所突破的创新探索成果。大道守正之坚持，是坚守历史诗人传承的诗歌精神。突破创新之努力，是每个诗人为久远的传统增加新的一环，这是诗人的天职。突破创新之事，黄玉俊做了许多努力，上面说到的从题目开始，就值得点赞。无须更好的题目，比如《梨花是从白雪中逃出来的》就很精彩："误入另一个季节/越过门槛 海棠心惊/风吹轻絮我误读成声声旁白／从白雪 到清明／清点银两买流水上岸／后院种下雨滴／老宅一树泠泠 为春天降温……"由白雪想到梨花，是很容易的事，也有很多诗这么写。但把梨花想成是从雪中逃出来的，就是高手了，有了一个"逃"字，整首诗就活了，如同戏剧一样让人联想。一个"逃"字，全诗点睛，其实诗人就是文字的炼金者，找到那个最生动最有动感和生命力的字，全诗就成功了一半，由这首诗，我还想到，今天好的文人诗歌就如梨花，从冰雪高峰一般的传统宝库中"逃"出来的梨花，带来春天的新生命！

诗人黄玉俊文人诗歌写作的创新探索努力之二，是真的关注现实，向贴近生活的草根写作者学习，学习他们对现实的细微描写，让活着的生活元素进入生活，带着泥味和烟火气，这类诗不多，但这种努力值得肯定，如《远房老表》："远房老表的远房二舅死了／／远房老表是一个独眼跛腿的老光棍／贫困就像拴在棍上的鞭子怎么也甩不掉／二舅一生只爱麻将／二舅曾在麻将桌边怜赐过老表买药的小钱／此刻一生的功过像一汪停止流动的水／在兴师动众中淡成一盏凉茶／／起棺出殡一哭三里／两副冥牌烧出漫天飞雪／老表凭着半生不熟的瓦工手艺／依依不舍地忙乎砌墓／忘了该有的一两声哭号／众人哭散 老表双膝跪地叩了个响头／道一声：二舅，过几年我去陪你打麻将。"这首诗画出底层的一个场景，生死相交，穷人间的情感生活，都鲜活呈现于诗中，带着烟火气记录了这个时代的底层状态。这种努力使文人诗歌避免了孤芳自赏的冷艳清丽，与现实有了交集和对话，从而让诗人笔下有更多的人文关怀。

在他另外的一类诗歌中，将现代人的哲思融于诗中，这是诗人创新努力之三，如《一朵花的三种结局》题目是现代方式，表达较为传统，但现代思绪的坐标让传统的叙述有了新的格局："面对芳菲的酡颜/谁为谁惊艳/奉献或者是馈赠/盛开的笑脸　情殇/你的眼泪说干就干/香瓣一片片飘落成白发婆娑/对视一颦一笑的灯火/被蜜蜂蹂躏　何尝不是幸福/然后悄悄地成熟着果汁的甜蜜//带着不解之缘　卸妆/泥土芬芳/落红潇潇/风雨母亲在天地尽处/流水远去　无可争议地失踪//未曾艳丽　也无所谓枯萎/感受采摘的疼痛/我在白雪中苦恋梅枝/风霜和冷月曾信誓旦旦/不经意间　带着寒意万劫不复/我们同样感知冷暖/夜暗　花朵潜形　喃喃孤灯对我/渊　深　无底　有湿漉漉苔藓。"尽管诗中的句式较传统，然而在现代人对命运的不同理解和思考中，使作品有了新的哲思坐标，呈现出当代文人的精神面貌。这确实是值得肯定的。同样追求诗意的高雅纯粹，现代文人较之古代诗人应有的最重要差别，是当今社会进步和科学发达，让活在今天的文人有了更广的视野，更远地平线和更深刻的世界观。黄玉俊的诗作《借鸟和树的名字寄情千里》在典雅的诗行中表现了新的视野和新的襟怀："而我仅凭遥远的空白　闭门描绘隔山隔水的春秋/在约定的路口　黄昏一病不起/江南春暖　红豆已从唐诗中醒来/兰舟又将催发　回都门执手/酒不醉不醒　正好摇船。"我把这种新人文诗歌写作的精神向度归结为：向善，向上，向美。

　　黄玉俊的写作，守住我们文化的根，又在诗歌语言、现实关怀、精神向度三个方向做了许多探索努力，因此，在这部诗集中我们可以感受到他的不断向前的脚步。其中的佳作，达到了相当成功的高度，如《以湖水证明天空》就是一首高雅纯粹、文字优美、充盈现代意趣的佳作："雁过高天　在无法预知的深浅里　与湖水暧昧/我苍茫四顾　醉心的神启欲滴/触景岸柳早已扶起人间烟火/断桥从来就未断　映在水中　恰好满圆/只是某一天雨越下越大　所有的往事一笔勾销/待月圆之夜　寻梦三潭　湖水被盖上无数枚印章//南宋的水墨伤痕累累/在一张婉约的素描中　倒映春山/……书生时常往来　种下千古诗话　我也是书生/一次次踏破屐履　与水天爱恨/于是一首诗开始泛舟　数一瓣一瓣的落雪/种下沧桑　就长出衣袂临风/每一叶秋天　都途经春色/心中蔚蓝　早已迁就于一泓秀水/游人看一眼湖底　有天圆地方/用眼泪偿债　水将越来越深/云铺在水中　任世人修养前世今生/而龙井只需一瓣　便将春天浓缩成深邃的甘苦。"细品此诗，可以感受到传统文化的浸润，也可以感受当代精神的张扬；诗人在这里营造了天地人合的境界，又如蚕破茧写出了"将春天浓缩成深邃的甘苦"的诗人抱负。

　　将春天浓缩成深邃的甘苦，这是诗人宏大的志向，也是一条漫长的修炼之路。愿诗人相信春天，勤于笔耕，不断挑战自我，写出更多更好的诗篇，我期待！

　　是为序。

2020 年暑夏于北京

　　叶延滨，当代作家。现为中国作家协会诗歌委员会主任。中国作家协会第六、七、八届全国委员会委员。

　　1978 年考入北京广播学院新闻系文编专业，1980 年在校期间发表诗作《干妈》获中国作家协会（1979—1980）诗歌奖，读大学期间被吸收为中国作家协会会员。1982 年毕业后在《星星诗刊》任编辑、副主编、主编共十二年。1993 年评为正编审，并获首批国务院政府特殊津贴。1994年由国家人事部调入北京广播学院任文学艺术系主任。1995年调到中国作家协会《诗刊》杂志社任副主编、常务副主编、主编。2012年担任中国作家协会诗歌工作委员会副主任，被选为中国诗歌学会副会长。2016年担任中国作协诗歌委员会主任。

迄今已出版个人文学专著52部。作品自1980年以来先后被收入了国内外550余种选集以及大学、中学课本。部分作品被译为英、法、俄、意、德、日、韩、罗马尼亚、波兰、马其顿文字。代表诗作《干妈》获中国作家协会优秀中青年诗人诗歌奖（1979—1980年），诗集《二重奏》获中国作家协会第三届新诗集奖（1985—1986年），还有诗歌、散文、杂文分别获四川文学奖、十月文学奖、青年文学奖等50余种文学奖。

目　录

目录

3

目录

目
录

邀约江南

春雪还未融尽
白马便驮起一袭红妆
面对江水　灼灼夭夭　以身相许
我从姑孰溪畔的一场宿醉中醒来
有人告诉我
这是春天　且前世有约

铺开一世的绿意　等你带雨的归心
昨夜　是谁叫我开门
窗外一枝　不负千山万水

此刻便是千年
诗仙曾临溪舞剑　朵朵带血
染红一个又一个冬去春来
从此　姑溪与深潭不远不近地
牵挂在人间
不知酒店几家　但桃花早已超过十里

相逢　共饮诗仙点化的杯酒
醉出当年的回首
知道你会来　我一直等在江南
残雪薄如宣纸
风一吹　就春水桃花了

将三月的微笑挂满春枝
沧桑的涂山　吟诵落日
此后　笙箫潋滟在余生的月下
一段红绸　裁成倒影
逼近灯火阑珊

桃源之外

春天的桃林曾使无数人忘记家乡

桃源本是人间的一处风景
很久以前被人无事生非地牵出尘世
于是我心中的大雪在人面桃花中
遥遥无期地下着

桃红惨烈
诱惑的静水蓄满青枝绿叶
如约而至的箫鼓
在殉情的春雨中　泅渡江湖
蒹葭杨柳处
血泪的霞光弥障桃源
是谁在胭脂里私通情感

篱障之外　伤口是盛开的花朵
在季节的深处

掘起桃林的种子　射向天空
天堂本在人间

候鸟艰难地定居于温柔富贵
憨拙的主人　将庄园一次次打造
然后在某夜寒陋的星光下　祷出隐私

桃花落尽的晚上
火焰在黑暗中盛开
煮熟夜色　比桃源更美

昆仑之水

谁在祭天悟道　于天宫白雪中
采掘东方遥远的根须
远山倒伏的爱
在眼眸深处雪霁春归
走过万古荒寒　英雄立世
不知鲜血来自何处
只将泪水交还天宇

长风一卷　就是万里之外
一棵仙草在深夜还魂
落花　断流
彼岸有马蹄奔越寒暑
然后扶摇至高天
诸神齐聚丝绸之下　谈论星辰日月
漂流东去的人　最终驾鹤西归

我怀揣昆仑之玉

从一滴融溃的光阴　顺流而下
挽起江河的发辫
委身于从神话开端的千古叙事
皈依风雨的谣曲　对弯月诉说
不知有几重江海
江南丹桂　依恋秋风

发配　一去不归
雨和雪依旧不停地下
九曲的伤痛　清浊皆无根
而我门前湖平如镜　倒映远山
想象着峰巅有一潭清虚深不见底
只是不知何时崩决
与天下血脉相通

神女梳妆

心与心的神力　高举起水
让白云越擦越亮
神女等得太久了　对镜
梳理山水的踪影
我泛舟平湖
往春深处　系一根红绳
而桃花的胭脂
早已了断巫山云雨的苍茫

青丝如瀑　江海万里
巴蜀往事安详地流过天门
邀诗仙回乡
再赋一首　为神女作嫁
北漠之外　远嫁的女子又一次回首
胡笳怨曲　托寄南归之雁
在高峡春波中　种下点点乡愁
隔岸的猿声　啼断峨眉冷月

云鬓插花　弦歌遍地
招寻屈子离乡太久的
魂兮梦兮

青稞酒　在离天最近的土地上

一

离天最近的土地上　酒与星星一同深邃
暧昧在风中

瓦蓝色的天地　酿就一种宗教
"花儿"盛开的原野上
或许在某个憔悴的黄昏
你风雪弥藏的醉意
轻轻挽住我渐行渐远的孤单
高原古井　自无底的神秘中
迢递出流动的芳菲
为举杯的情节镶上白云的金边

圣典　揭开天神的孤矜
窖池深处　饱孕的光芒刺穿羊脂
热泪跌宕于每一滴醇香　刚柔如血

并在某个夜晚被月色抚慰
着墨于心间　在河流的起点
邂逅旧情的乳香以及青青的金子
烈焰一杯杯点燃　通往经路的高远

蓝天之下　草原　青稞
一夜风霜告诉我
圣水　麦穗　再勾兑刻骨铭心的辽阔
你必将被顺从地醉倒
菽粟中原　稻米江洲
我来自另一个起点　越过江河　越过冰雪
演绎从芬芳到炽烈的全部过程
只待雄性的弯弓射开苍暝

酒浆顺流而下　泛滥着高原的爱恨
骨肉和精神在临渊处坚守
半杯　依然怀旧　归途幸福地迷失
一滴水　历经庸淡和往事　然后传神

二

酒在孤城　河流的恬羞与冷洌　入肠
不仅相思摇曳　亦可疗心
怀抱古瓮　在情爱的深渊清洗野骨
马儿驻足　聆听神歌的醉意

萃取天地精华　阳光普照
春深似海如一场盛宴
有人深陷觥筹　日落时分　私自修筑栈道
青芒黄穗揪住低天相问
只道路途遥远

远方　钟鼓纠缠的歌声横卧青野
寺庙　接住一万次等身的长跪
手捧虔诚　在最高的土地上
欠身相告　我是你舍身甘苦的俗家
此番执手　胜过一川金玉　塞客衣单
于草色压岸的渡口　张望谁的花期

劫富济贫的响马　满怀慈悲　豪饮烈酒的光焰
一匹逃出山火的狼　皮毛真香
远胜过青稞的甜味
夕阳红尽　坠入天的杯底
夜幕开始弯弯地披落
唐蕃遗韵淹没冷暖
我们在同一个世间　饮酒

撒下种子　远走他乡
沉睡的光景　辜负一次次天明
破译光阴　启封的时日　恰逢你的归期

滴水寒秋

借一滴水观潮
何处安放落日
梦和归途悬在空中
小桥流水　我恰好与你相逢
雨色关窗

一坛老酒深不见底　诗厢之外
一切都成熟得凋落
杯中寒水　如旧居的遗址
错身　渡过辽阔月光
醉和醒只隔一句善良的劝言
青丝流尽　一夜间白发婆娑

将含恨的一页掀开　白云被雁阵省略
风霜就住在昨夜的辗转中
西风渭水　沉疴暗结往事　此是一种修炼
秋波一滴　便能吞没江河

多年未见
烛焰木讷像旧时的枪刺
一碗红油豆腐嘘寒问暖
过些日子　遥望雪野　在心中点墨
似乎要干净些

昨夜东风

昨夜花开千树
不动声色中
一个春天和另一个春天交头接耳
所有的窗口渐次灯灭
梦中的呓语风月披身
水波细密地漫过黑夜的影子

天光陨落于最后的月色
东风是素面女子
将热血和痴情深埋
火焰温柔地舐着梦乡的祈愿
土地脱胎转世
举起朦胧的花枝温情四顾
向着星星的方向笑逐颜开

情歌四溢的池水
不怀好意的眼神

风　叹息着失落的凄美

那背影被吹得遍体鳞伤
珍藏的叶子
在曙光的门前
泛滥着锦绣文章
日光的羽箭射穿夜的粉脂
逃难的灯影
在桃园深处依旧缠绵悱恻

酒店橱窗

三十年前　合肥街头有一家酒店橱窗
广告词与众不同
三十年过去　我仍能忆起
并想起旧约　说明所言非虚
只是街市易容

六百年　人生所不及
没有人能知道我

八千年后　日月依旧　江河改道
炊烟　借河的身姿　去向不明

街边的一些事情

昨晚听得有人哭透深夜
清晨　洗刷马桶与敲鼓的区别
是在于心情　还是在于场所

石阶是大家共有的　只有小窗在私窥
窄巷如弦　人为地弹落一些事情
只见街头巷尾每天走过很多人
不知道肉铺后面一年死了多少头猪

大老王的店铺好久没开门了
他这一觉睡得太长了　估计是醒不来了

道场就设在临街老屋
纸人纸马纸物件　折成另一个闹市
每一片旧瓦都回过神来　看红妆熄灭
灯笼走进黑夜　照不见风水

入夜　旁门虚掩
一声鬼祟"吱呀"　佐证三月的传闻
鸟儿飞走了　去向不明
一点也没带走街事

我是吃盒饭中唯一打领带的人
在不幸的事故现场　遗失一枚硬币
探杯买醉　摔碗写诗

上 坟

冬日　我们头顶白雪去上坟
天　比想象中还要冷
纸钱烧不出一丝温暖

记得外婆破旧的铜脚炉盖上
有一百二十一个
圆圆的小孔

秋　月

把银匠绝世的工艺高挂在天上
照我
我看见池水细碎的眼神
并痴痴地守望天空

一瓮清水
滴几滴淡黑的影子
便是传说中的美酒

一瓣秋天
在满仓的银两消残后
光华沦陷　诗酒皆无

我是远山冷玉磨就的一面镜子
修炼千秋　前世的歌谣唱尽
黄昏　滴血的夕阳燃烧我风化的裂痕
恒久地漂浮于苍白的忍耐

我擦亮菱花
照见自己的不幸

一枚秋叶砸伤月色
影子逃难
银色的芬芳醉透半帘风雨
举头　漫天桂树阻断山水
遥远的白雪堆积四季的归宿

看中医

让所有的精华　整治一生的沉怨和内伤
良方的判词　击中苦难
青瓷黛瓦捧在手上　向天求雨　百草归心
一掬红尘　勾兑千古温良
萍水相逢　以命相许　然后化开苍冥
孰料一剑穿心　磨难英名

转过古道　便是山势及天
一株仙草　精准地诠释了教义
衣冠楚楚的书生　身无分文
长巾摇风　遗症揭露身世
布履轻风处　狼毫小楷捣碎昨日坎坷
那是一种煎熬
文火其实越烧越旺
自虚寒中断送一次回心转意
又有多少天地春秋　无法弥补

宽慰的话语后　终究是移情别恋
昼夜原本就时常颠倒
何况日月有时也不明不白
膏肓　森严壁垒
以毒攻毒　听天由命　趁醉狂歌后
采一束时光醒酒
某天某日　残局不攻自破

药盏与茶盅对饮几回
午夜发汗　五更起身　须发又长了几寸
逾墙而逃　走一趟古庙
一句赠言是万能的药引
阴阳渡口　用尸身奔突阳春白雪的情怀
效郎中悬壶　求一世心安

张骞的丝绸　一路向西

忍住血泪　流出千年颂歌
丝绸的经纬无限地长
而长安只为帝王点灯
很久很久以前　天路并不被世人传唱

遗踪语焉不详　像一块生锈的铜镜
草青草黄　风餐露宿
围攻驼队的狼群　利齿冷若胡霜
昆仑　祁连之上　落月结成人世的苍老
和亲并非上策　心中的险境是
匈奴的马奶　酿不出中原的酒味
西出阳关的人　太久未归了
羌笛杨柳　是后来的闲愁

行囊有山脉的沉重
苦寒在一寸寸加深
远离故土的地方　你仍在坚守春天

大地的尽头　落日向西
箭矢与驼铃　失落于最后的隘口
一鞭挥不尽关山　搀扶暮色的艰辛
将大漠孤烟　织成西去的踪影
风霜的征袍　在长安街巷解下葡萄和石榴
苜蓿饲马　有伊犁的根须

从冰川到蔚蓝　用一生一世解析最初的入定
长安的西门　在雾霭中启合
使命　迢递出深邃的天宇
成群的车马走在丝绸之上　越过孤城
春风传递着一匹匹锦绣江南
唐宋诗篇　借黄河远上白云之外
远上万仞之西

有人在远方奉酒　我在桑下弄茧织丝
某天某日　一则新闻中出土一件
楼兰新娘　当年的时装

梨花是从白雪中逃出来的

误入另一个季节
越过门槛　海棠心惊
风吹轻絮　我误读成声声旁白
从白雪　到清明
清点银两买流水上岸
后院种下雨滴
老宅一树泠泠　为春天降温

带雨　天涯缱绻
谣曲已春深
记得那年一场大雪　让人无路可走
小妹哭着返家
今夜的故事是
白雪红妆　屈从于旧病
我魂不守舍地爱你　面无血色
热情　在阳春含蓄得无家可归

回乡路上　眉清目秀的女子
紧身绿袄缀有碎白的繁华
一场花事　与宣纸合谋　留不下影子
害得我一贫如洗
最终　你还是将汁液高挂起来
只因前身太过寒冷
使人想到分离

酒泡茶叶

这一尝试
春天就所剩无几了
半推半就地遁入虚拟
将绿意藏在袖间
谁的芳名　娴静地入药
如弱水流进深夜
在江湖　毒鸩善变
成了绝世好酒
只是李代桃僵
不知何时能沉冤昭雪
瓦罐前世就带在身边
斟半壶依依　怎么也泡不开情节

轻轻地将我推至门外
让满山过于浓艳的桃花煎熬我
一不留神　误毁了万金家书
月华煮桂　今夜就此贪杯

浅醉后　再深深睡去

煨雪
悬壶如胆　浓缩肝肠
美人常弱不禁风
邻家大小姐早就一病不起了
又是巫婆　又是神医
后来危言耸听　说是某人坏了风水
花轿要想揭开真相
还得从头说起

墨点如泪

秀发如夜　两颗星星有明亮的旅程
月藏在你能猜到的地方
春山秋水吟唱谣曲
只有雨一场接一场地注解
那番别离

人间落花被黛玉一扫而光
风吹　柳树腰疼
我在一张宣纸上夜走平川
一缕苍蓝在河流拐弯的地方溺水而死
画一炷香　墨痕的炊烟向上
以一盏青灯　熬药　浇灌天色
而更多的泪水被大海诱骗
只好墨下生歌　逃离今夜

以一笔旧情　触动风吹
我靠着白雪饮酒

一杯下去　人事不省
远帆　湖影　一夜间花草长满荒原
墨迹未干
青山白骨　早已是雨过天晴
而留白处　月光洇开的过往
仍在午夜

停车坐爱

一只果篮倒在路边
季节　在枫叶的印记上一点点出血
庄严而悲壮的霞光中
衣衫和水有同样的颜色

石径憔悴　牵住白云的柔肠
状如日月的车轮　辗过人世的伤口
让故乡忽远忽近
红冠之下　怀想如单薄的秋衣
黄河不断　当须眉引燃草树
琴心剑胆就撑起
九万里忧伤的旷蓝

取袖中花事　斟一杯二月
喝出西风渭水和一缕炊烟
一转身又回到长安

32

我在湖边

骨质的童谣　被一次次萧瑟
埋葬在水湄
你在湖边割草
并将一株禾苗扶上天堂
一页风光中　温凉无常的玉
苦修来世　花
开得像谣言

水声　因别离而休止
记忆的烈酒封喉
风霜的由来　连着远方的深秋
我戒备森严的外衣
紧裹鲜艳的卦辞
树木长成干柴
当枝叶转身时
你依然在离我三尺的地方
怀念热血

眼泪　风干成银色的钉子
将夜空如约地钉入湖底
水将远行
只剩下露珠　像一粒粒细小的软糖
凝结昨夜的不为人知

五线谱

摇橹的琴手　从今夜逃遁
我在一条河流中潜洄
血泪或遗珠　挂在街市的栅栏上
被一再观光

温柔的手指　随意一下
烈焰或叹息就用马蹄的落点
点燃光芒四射的酒
催生葡萄的甜蜜和淡淡的酸
在闪电和露珠的空白中　鼓乐齐鸣

风　吹动今夜的枝条
我顺路远行
用仅剩的长发
将爱和恨串成佛珠
月光的蚕丝下　果实落进河流
演绎着一盏灯火的悲喜

归雁　落难的寂寞划破老去的碑文
再用忧伤的影子重约归期
流水与肝胆　诉说天下
一梦醒来　我至今乡音未改

翻山越岭

途径秋水
一厢情愿地将明月打造成冰冷的心事
在果实中异想
曾经的花枝和信念　戏弄天空
熟稔的倒影　债台高筑

摸黑上路的时辰　默读一个方向
青石板　一块一块地接到天上
一种暗示藏有山重水复
嗜酒如命的过客
在杯中聆听夜雨的生死
余歌　唱出全部的陌生
层林无意与风筝比肩
只在血泪的高度上　点燃经纬

无人采摘的果子　止水归心
遍野的秋收　举起落日

天　像一顶破旧的毡帽
覆盖美丽的漂泊
几度风雨　何时明月
教诲　散落一地
手牵风声的人　居无定所
将一冬的白雪　熬成遍体鳞伤的无奈

背影　抱紧空岸
谁在长风与晚照的距离中辗转
尝试归去来兮

天　下

雪　无边无际地下着
光枯之树　半边黑半边白
雪下在午夜　人间黑白交辉
遍野都有落花的痕迹
生死就在一念之间

河流　一半涨水　一半退潮
我已苟活多时　偷食俗世
挥刃杀遍天敌
将最后一刀留给自己
在夜的边野　垂败
搀扶泪水

赤足登上天梯　卷走山水　留下苍茫
草原　俞加丰美　但　禁止放牧
五谷丰登中　谁端坐庙宇
慈悲为怀

秋清如水　天
深深地掉下来
一纸苍黄覆盖九州
日子在梦的反面
遍尝从温饱到爱的所有苦难
青萍之末　天下为师

远房老表

远房老表的远房二舅死了

远房老表是一个独眼跛腿的老光棍
贫困就像拴在棍上的鞭子怎么也甩不掉
二舅一生只爱麻将
二舅曾在麻将桌边怜赐过老表买药的小钱
此刻　一生的功过像一汪停止流动的水
在兴师动众中淡成一盏凉茶

起棺出殡　一哭三里
两副冥牌烧出漫天飞雪

老表凭着半生不熟的瓦工手艺
依依不舍地忙乎砌墓
忘了该有的一两声哭号
众人哭散　老表双膝跪地磕个响头
道一声：二舅，过几年我去陪你打麻将

水　鸟

缘水而发的一双翅膀
月夜带影　舍身追寻后
双栖于爱恨相织的渔歌

水天尽处　与一群鸭子
缠绵着绯闻　和
界限不清的生死

波澜不惊中月光的花朵盛开
远去的身影飞成一滴相思
委身于阑珊的风雨
夜的泪水打湿隔岸灯火

与水妖合谋　叶子的彩绸穿越春秋
飞成苦寒　如女人的肤色
水墨丹青中　无限春风背后
你目如深渊　无奈地温顺着

与孤帆编织着一首哀婉的曲子

水鸟侵袭村庄
像一只贤良的鸽子
将人们的目光浸透
流浪的歌手与你陌路相逢
唱响白发苍苍的江河

天地广袤　谁能阅尽万世情殇
我沙白的衣衫经风沐雨
门前晾晒着女儿的裙子
和一双温暖的鞋

属于我的一片叶子

面向世界和天　避讳私情
按部就班地与季节周旋
经文写在背面　日夜诵读
把一面镜子剖开
横流着泪水和往事

花朵香残　牵起果实笨重的手
阳光和风雨象征着情欲
伴雪　山溪归海
沧桑中相遇　捧起腐朽
面对寒灯　一只鸟儿飞越关山

像我和我的世界　一面是幸福　一面
铁定是苦难
在遥不可及的边野　顿悟
曾为一朵未曾开放的结局
空耗一生

头顶着一片叶子向往蓝天

爱　混淆视听

叶脉酷似根须的走势

枯枝明白　轮回是空

在火中飞升　是你最最惊艳的一瞬

临水灯笼

提着你必将走进黑暗
回首间已看不清来路
是谁对流传已久的惯用的手段
乐此不疲

日光的轿子
行进于夜水幽蓝的泽韵
注视我的眼睛的灿若星辰的
是水边摇晃的果子
设宴　在夜的水边
痛饮灯笼的光芒一醉方休
英雄以情谊煮酒
斟满倒悬的杯子
花朵丰盈淑丽
如激情饱满的血泪灯火
照彻经典的河殇

病痛的壮士手持三尺寒锋

凉透媚闺的子夜

马蹄声声逼近落日　波涛独行万里

宿命的河流泛滥成灾

桨声轻叹

饱满的热血涨红在星辰下

我的果园枝叶扶疏

默默无语的脸

期待死水微澜

一枚妖桃大如盈月

失色于无边雨幕

跌入一片潇潇

母亲丰硕的双乳

照耀初临人世的大海

让我涉过圣水

生命的泽国血光激滟

而欲望的余痕坚守大雨声中九死一生的火种

当篝火的深邃翻山涉水敲开柴门

将一河流水染成奔腾的酒浆

泪水的烈焰铺天盖地埋葬日月

不止是渔火　不止是航标

心的光芒在血脉的边野

气象万千

雪野红朵

此刻　远方的雪野比我的故乡深厚十倍

春天将因此而虚无
沧海遗珠
在梦深的地方　采摘
旅程　下一个轮回如期花开
谁将以诗的形式抵达苦难

华彩　在星光黯淡中直面沧桑
路穷草断　烟花繁盛的深巷
红颜为今生支离
雪意的古光
在重门轻启中追随妩媚

艳红在今宵根深叶茂
簪花的影子
于帘外磨难月色

轻风含泪一曲放歌　彼岸
素裹红妆　白雪逶迤

在箭矢落寞的地方
万千落花燃尽风情
冷落春秋　大雪依旧无边
夕阳从另一个黄昏开始流浪
讳莫如深的灯火
面对雪野　在心中遥远

粽子 汨罗 或我的故乡

权贵捆绑的楚辞
落进汨罗深处
又一曲橘颂　江水未央
在水一方　梦泽无边　而今走过千年
梦中菖蒲　在天国开花
苦艾的桨声　摇落无限江山
琴声载舟　剑影古风弥漫家国盛宴
江潮和人心万古对峙
将竹篙回溯至青天的一角
饱满的怀想凝成一串春深的谣曲
或初夏的似水流年

大风吹过冥茫的江天
浪的叶子越过乱梦无法理清
于是诚意的衣衫紧裹　献身失却的《离骚》
座座青山还似当年
只是被光阴缠绕成绝世的粽子

祭天　面对泽国情殇
每一颗都奋不顾身
追随你的忧愤
试图锁定报国之心

我的故乡神马长嘶　扼住天的歌喉
自天门倒流出浓荫如幕
真相在端午被雄黄揭开
所有坚实的面具以及装帧精美的虚伪
一溃千里
沿着《诗经》的古径
我身披苇叶　只身泅渡江水
似曾相识的五月　依旧栀子花开

今夜无月

今夜无月　　影子依旧残存
伞下闪烁着花的裙裾
群山沐浴　　水轻轻地爬高
试图作一次较为夸张的升华
天空仍旧无月

谁紧守窗口
用目光环抱路口
从天而降的台阶
挥舞着泪水
似是而非的插页
在今夜来回奔走

高挂蝉声的每一滴水
都风声鹤唳　　打造细节
船行千里　　抵达异乡
拣拾一些明亮的碎片

彻悟中渐入迷途
用钟声挽留风的去向
在时光的下游　残花不肯老去
我是唯一一片会唱歌的叶子
在无人知晓的暗夜幻想花开

无家可归　在雨中沉淀
捧起掌中一滴
大海明亮　彻夜不休
让细雨和山水的传说
在窗扉微启的书斋
开一杯浓淡适宜的香茗

独上西楼

窗外有月
此刻登楼　直达古典
女子从秋天走来
琵琶弹奏出汉宫水一样的夜色

长发如夜的影子　劝引
勒身的素锦修炼谁的归途
而天空失水　月光难渡
只有晚风凭空生些娇媚
暗愁着久已忘怀的失约
你拂袖而去　西楼的危栏
至今镶嵌着决绝的情态

今宵的楼外　依旧有
阑珊的灯火
时光的梳子捋起
一条又一条江河东去不归

谁的影子独舞千秋

漫游街市各有各的伤愁
云际的岛屿此刻摆满浓茶淡酒
只让空杯斟满今夜的月色
横陈前世今生

我已将秋水望得千疮百孔

天色向晚

果园深处的两颗枣子
灯笼般耀眼
预示着秋天在成熟

在苦难的终点
陶渊明为我准备了一壶
广告词一般的小酒
举杯　在苍生的余脉中
混迹一些美艳的传说
花的影子再生　守候盈月
江河流尽　猥琐的寒夜
用悲情掀翻落日　忘情于江湖

点滴星光装饰着长隧的入口
有人顺势而去
举一把归鸟的噪声
寻觅遥远的鸡鸣

烈烈西风中
老将的征袍衬半柄短剑
以一种图腾加冕心中暮色
黄昏风雪交加　覆盖着
途经一生的平淡传闻

苍冥裹身　风的骨头敲击一把旧锁
情节一再翻新穿越白昼
而结局是淡泊水彩中一道无情的墨光
追逐落日　一路西下

天晚了
家乡沉入薄暮中的唐诗
新月　像半片镜子
从儿时一直照到如今
岁月的尽头重门一敞到底
执手相约　把最后的炊烟轻轻挽住

美　妙

一个早已渴望的情节
偶然如愿
久恋的情人现身却并非沧海桑田
细节一点一点地圆满
泪珠滴落　有酒的情怀
一生所求　酒杯早已斟满
水火合谋以酒的法则告诫众生

深夜　红袖添香
灯光暧昧如水中倒影
随波四散
登台四顾　心干净地漂浮着
抵达灯盏　备感暖意
然后用歌声修炼刀子
将月的银盏摆上几案
怀想堆满白云
暗恋葡萄美酒任意逍遥

佳期如月　独享爱意
把幸福写意地标于
流水的胸前　把握天上人间
然后抓住某个踪影修剪节日

三月　阳光贪婪地盛开
诱我去契合
悠长精彩的某个情节
让时光的落叶重回枝头

月光温柔地射中湖底

放逐的羊群奔向天空

一群溪流越过大海

水　井

隐身　比天更远
深深细数人间的渴念
无奈地收藏一两颗星星

大地永恒的一杯
观天　怀揣青青月色
何处捞起群山的倒影

失意的鸟粪　匪夷所思地
滴入潜藏的绝怨
九霄云外　海阔天空

春天寒冷　麦苗在长高

——2013 年 3 月 26 日谒海子墓，是日，春寒料峭……

此刻　无形的大海
落寞多少春秋
面对寒冷　在你的诗中
似乎能找到答案
朝圣只是心中的言辞
雨意　倾覆着早春的汁液
昨夜打湿香火
还心中一朵烈焰　再一次
面朝大海　一万个海子回到春天

风向凄迷
风将裂帛之声吞咽
风吹来
风从山海关吹来
风从有山有海的地方吹来
吹过茫茫麦地

将天空的石头吹落成堆
掩埋我所有的恩爱
以一根风声拴住劳顿的车马
从此不言风流

鲜花零落地聚散着俗世的表达
埋葬在麦地的人
有情　永不饥饿
我看到麦地遍野的情人
无悔今生
在另外的田地里
你苦守青春　孤独地将昨天挥洒
当当作响的土瓮
盛满金黄的泪水
麦子的火焰燃成一阵春风
救赎街市的招徕

太阳高悬在王位之上
诗歌长在心中
兄弟　在流浪的深夜
你我可否互赠唯一的歌声
让烛焰迷醉
让诗酒开花
让所有的麦苗长满人世的岛屿

远　方

不同的日落后
看同一片月亮
夜影　载不动遗忘的果子
莹灯　铜鼓和风铃
这是一种遥远　一轮沧桑中
江水一半瑟瑟　另一半会是什么样子
心中的倒影无法站立
简约背后　一颗黑痣
有不痛不痒的真实
回望水影洗刷的脚步
大雪纷飞中　炉火缄默成一种印记

越过矮墙　石人石马成了刀下之鬼
小院深深　两只白鹅说我们再也不叫了
红杏只够一口
灯笼在遥远的天边千里万里
所有的水原本都是素面朝天

一句叮咛后来真的挡了许多风雨
半路拣拾一些匆匆的问询
多年后挽起唯一的线索
走失的鸟儿在薄暮时分
装点着空口无凭的回应
隔夜的雨声中　书信早已湿透衣衫
五更将尽
一杯往事蹉跎了谁的锦心绣口

佳讯失传　冰封所有的季节
融　血的温度牵出行囊中孤独的山水
天涯一望无际　哭诉
一个个当初的夜晚
遥不可及　暗藏情深
起程　渐行渐远　永世不归

拥抱一棵矮树

梨花开了　何止千树万树
桃花谢了　不见人面春风

遥远的三月　月光是作业本上的一页空白
青春　在那个夜晚莫名地绽放
那树　那树不时地被我的目光纠缠
让童话中的良宵胜过草长莺飞

心中的拥抱是摘几片叶子
拼成一首难以言说的歌
无声地悬于你的窗前
将课堂叛逆成难耐的诗稿
在幽径让你的归途讳莫如深
然后从深夜开始泅渡
无法抵达的彼岸连年花开

丛林浩瀚　树已参天

长安的落叶飘在前世
那少年唱出树叶飘落和花朵开放的声韵
怨积情伤地翻阅光阴

树长在昨天
关于往事和果子的下落都要守口如瓶

打开酒瓶

陌上花开
引出一朵笑意
河流决堤后
遭遇连年征战
杯中天地四野芬芳
亘古的恩仇书写血色刀剑

情谊的天平摆满虚设的果子
庄严背后　英雄频出
而仗剑怀诗的人已沦落天涯
枯枝指引着鸦声
穿透天的方向　亦歌亦哭中
端庄的女子红杏出墙

妖性的水光悲喜无常
浸透知心的往事
是谁将苦难放逐　生死聚散中

水火不容的情殇照耀着
丰富多彩的创口

殉难的落日外形丰满
用雪的果子勾兑烈焰
久违的春雨
今夜必将如期而至
吐纳天水的江河
漂浮着一具空棺

背　影

被绿叶扫荡一番
在书签的背面将寂寞坚守成
青山遗忘的冷冷的积雪
春秋寥落
遥不可及的追寻
永远落在你的身后
沧海横流　覆水难收

月下湖边　谁在饮马
羽箭破空　骑手策马追去
远山倒在水中
波光打碎你的温存
草在梅的寒香中醒来
疯长　你淹没在春深
所有的春光所剩无几
恩仇散尽

清风拂面　寒水浸心
花枝迷离的背影
开放着一朵朵忍辱负重的肉
目睹古碑
掘凿山崖的血脉
又一季新雨洒满乾坤

隐于暗夜　谁在预设的方位
久等　残灯空照
落得踪影全无
小楼　东风昨夜又凉透了谁的遐想
转过身来

樱桃酒

让所有的风雨拥抱一棵果树
让酒杯无限地接近樱桃
阵阵酒香便飘起黎明的色彩

举杯　红唇战栗畏避血泪
而忧伤的背面　筵宴中正觥筹交错
用心点燃水的渴望
殉难的果子带着原装的哭泣
历久经年的忍耐后
在三更时分逃散
夕阳黄昏水天一色
遥远的拂晓醉红谁的东窗

让深纯的心事
在窖坊诵经祷愿
等待重见天日

果子在奔走　我在时光中潜游
多年的珍藏如无形的水
有樱桃的悲慷

把盏在午夜
与一位名叫樱桃的女人暗续前缘
对视的风情让一幅旧画滋长血脉

樱桃酒　是一川浸透爱恨的梦泽
泛滥人生　我焚烧诗稿的光焰
在酒的迷离中倾心归敛
以一瓢深秋的纯色收纳游风
将一生的虚华历练成深夜的香醇
深巷孤影　缓步还家

醉卧街巷

拒绝灯光和水　目如深渊
我拥抱着极富美感的野蛮

美丽枝条抽打着爱恋
用私情和泪水抚摸一种覆灭
落叶踉跄着无奈的旅程
在最低的地方感受世界
我想到英雄的下场
和尔虞我诈的情谊
匍匐前行够不着一支烛火

熟睡的天空下烈焰冰冷
以另一种形式燃烧着渴念
无法预知的落难中
把影子留在深夜
等待阳光重新安置

悲凉的歌声警告着　途经
今夜的每一滴水

在梦中呼号　记忆强打起精神
咒骂空街
泼妇　又一个泼妇
话语变得温柔
遗弃的果子滚落街边

而覆盖一生的雪
此刻温软如素锦玉帛
正好掩埋一世的情仇

往事凄苦　将故乡奔弃
月光是一瓢冷静的水
月光举着我的泪珠开始流浪
踏水升天　世人在酒里笑我无能
我在哪里

桃花春雪

一场春雪下在三月的人间
在春天的中央
桃红望而却步
我将所有冬天的故事一圈圈打磨
而花朵在窗外长成了不合时宜的
雕塑

河流在又一次忧伤中返回前世
我打捞积雪　拧干芳华
用眼神涂抹不为人知的纷乱
星空崩散　邀约春寒
坚守　才有炉火的忠贞

遥远的水中一片多难的叶子
诠释着悲喜交集
昨夜的温存被料峭洗劫
行囊中相继失踪的闪烁光阴

望眼欲穿的无边的盛开之后
唯一的结局仍是凋残

玉碎　追随落花的影子
我想着芬芳和一些不良后果
并将书信投与远方的情人　问询
桃花春雪与白发酡颜有何等关联
冰河又一次解体　逃往下游
装点满怀心声

大火将赤壁烧成一面镜子

江河向东　不见那一年的流水
转瞬千载　日月依旧高悬
那一场东风纵火　烧亮千里江湖
血肉横飞的赤壁
江水鼎沸的赤壁
连船载马　失却江山
在多少诗文中让乾坤翻转

江山易主　夕阳在梦中沉睡千秋
英雄策马　蹄声惊魂
九死一生后　荆楚大地遍植稼穑
温柔的月光下　谁在当年煮酒
记得那场东风吹灭危难
最终白衣少年　血溅当胸
铁锁降帆　王者末路
雄关　深藏于一幅水墨
叹是非功过　千古难求

铜雀又一度春深

紧锁酒歌　在日夜相接处

迢迢江南　莽莽北国

前朝的蓑衣缀满无辜

有多少骨管为箫　马鸣作唱

在一袋旱烟中话尽渔樵

碑迹无痕　江匪出道

假仁假义中　惊现大火

得道高僧　手持法器

一厢情愿地大慈大悲

面壁后仍需怀揣风雨忍受天灾

沿天阶登上鸟语花香　看

血流心惊　关不住青青草色

乱石穿空　大风在石壁上刻满天规

烽烟起处人世苍黄

悲歌仗剑　弯弓射日

拥兵自守　不知胜算几何

怀古的星月沧桑　天河酒冷

大宴宾朋　买不动一条华容古道

每一片叶子终将落下

在江流东逝中

梳理兵马　梳理人生

未见鄱阳

只因未见过　才完美　永不污染

展开画屏　湖水在今夜涨潮
风月无边中　我手握流殇
落月　在途经西天后
深藏于鄱阳水底
我在熟睡　梦里出没风波
而轻风拴不住人间聚散

今夜的鄱阳
是一块与我肌肤相亲的棉布
用向往串起珠泪和渔火
讲述通江达海的传闻
将满目的水天以杯酒寄情
风雨江湖　情人远在天涯
遥想的白云落进鄱阳大水

月下泛舟　心中泽国一片
也许有一天
光阴落在关山之外
溅起的丹青中
飞鸟驮来一片月光
我决定从此每夜收藏一个月亮
再用满树的果子和湖水酿酒
春光秋色　涛声拍岸
我像湖水一样摇荡起来
醉在今宵

襄阳　在历史与大地深处

晴光中晾晒一部线装古籍
谁在猎猎史诗中　翻阅烽烟与传闻
一脉沧浪之水穿城而过
激越的热泪在心中决堤　漫过曾经的伤痕与繁盛
在一束沧桑中淘洗远去的风尘

昔日王侯　背负荆州　探手中原
可歌可泣地演绎着东隅与桑榆
当年的白玉祖师　以生命的贡奉吐纳大地悲歌
踏破茅庐的脚印　梦断西蜀
让羽扇与蹄声　传颂久远的记忆
古城楼外　雁声惊寒
三千年岁月　悟不透荆楚风云
唯有孟浩然的山水田园
至今仍旧一望无际
古铜铸就关山
城池对于兵家　始终是一块心病

挥戈相向的黄昏　缀满彼此的忠勇
多少壮士与秦砖汉瓦　在抑扬顿挫的评书中
成为经典

汉水擦亮的明珠昭然天地
烽烟燃尽悲欢　春雨如期而至
英雄的豪情再次点燃烈酒
炊烟轮回血泪千秋
邂逅智慧之城复兴的祈愿
长风卷起又一季萧瑟
凝聚成襄阳城头不熄的灯火
唤醒巴山秦岭沉睡的夜色

大雁南飞　重门之外的一座古寺
钟声越飘越远
我在隆中胜景与临汉夕照中观看落日
暮云合璧　江河舍身
太阳明天终究还会升起

那张脸

也许是又一次回到春天
怀抱所有的三月
让天下的胭脂逃难
暗香饱满　邂逅处　沉陷血泪海棠
别梦　佐证前世的因果
流水愤恨不已　走身江海
托付一场又一场花谢花飞
帝王被江山左右
只道人心深于红尘

酡红只一夕　便流落今生
莲花深处　泛舟的女子推开风月
只采轻愁和孤灯
然后出浴　非醉非羞
那山那水　辜负雨后艳阳
谁越过人海横流　冲冠　囚禁古典

蒹葭迢迢的背影　樱桃散落如星

回首　一杯婉约　轻抒苍茫

传说　被一次次虚拟

涨潮的河水　抚摸一枚熟透的果子

窗上贴画　从此光影疏离

明月打上粉底　连同桂树一起落入水中

今夜　将红颜写进一纸素心

一刻终生

嫁衣飘起来　身后是河流
华灯　邀约星辰
所有的泪水　从不同的眼睛
向心中甜蜜
华发春光　歌声赞美香火
让人们一再忆起唯一的美酒
忘记他乡

花车暧昧　家门掩住大片湖水
真情在汹涌的掌声中
婉约成喻义深刻的债
春深处　玫瑰悦己
田园　因世人拥爱　风调雨顺

一朵花　背倚高山　面向弱水
俗世的追偿　守护每一场夜雨
稼穑酒宴　经卷谱就今生

闪　电

剑影高挂在天上
短暂的盲目
让我看见苍白和寒冷

试图捆绑雨水
无奈一泄如注
冲毁谁的千里万里

一念之差
我坠入今生今世

野　浴

我黝黑的肤色为水声伴唱
褪尽与生俱来
爱和恨也许明天就焕然一新
只是横浮水面
吓坏了后来的那个人

烈日蹂躏的花朵　承接天露
企图在枝头再流连一程

用什么挽留眼神　我不在乎众目睽睽
所有的目光短浅　皆是十八层地狱
彼岸遥远　日久年深后
在子夜　我近墨者黑

太阳浴后东升
一块石头　不知被天灾光顾了多少回
浊酒穿肠　浴心

蹚一次浑水　就体无完肤
佛光之海　也能杀人无数
出水芙蓉　如今已不敢直面镜子
我仍旧混迹于街市
默读
赵钱孙李　周吴郑王

今夜　未尝盛宴……

需用白雪熬制春光
这样想着　我就摁住了泪水
雨　或许会下得迟一些
像山寺桃花　注定开在芳菲之后

梅枝指处　寸草不生
打捞月亮　追偿凡心的支点　因此落难
我明白今夜为何无法抵达
但河水的流向总是无比正确

用血肉拜春　桃花终于开了
而赏春的人们　仍在见机行事
镜子　碎裂在深夜
今生命苦　总是错过良机

初恋情人

一杯茶　泡不出当年的草长莺飞
夺命的桃红　腌制出浓淡不一的天色
宿念　泅过宽阔的意外　抵达契点
当尘面鬓霜缔约昨夜的剩酒
最后一句道白仍是　不该邂逅

遗踪　一世风霜丈量甘苦
白狐　沦为母亲
修炼成深秋的果树
竹马依旧青青　而青梅已落难
一根枯枝　在浓荫深处独自流连
红妆　横贯在归期之外

渊深无底　覆上长长的青草
残阳　隔世的笑脸　堪折未折
花开过后　便是秋叶烙心
疤痕的颜色不深不浅

天外之外　何曾登高望远
和衣诵经裹挟热泪
怎奈已是今宵

第八个音符是太阳

从零开始　攀附七彩晴虹
转一个圈回到原点　在此处疗伤　并肢解繁华
后来就头顶太阳去了远方
一次注定的等候　从此沧海桑田
一枚戒指光芒四射　后来便
烟锁重楼　尘缘渐次明灭
歌声　一次次为炊烟陪葬

日夜　生死　太阳下一滴雨和雨滴的声音
让虚拟承载所有的泣怨
琴键是一节节归心
适时地钻进圈套　在内心苦短
没有太阳的时候　歌声搅拌黑夜
月亮里住着女人和水
太阳里藏有烈火与黄金
只是天空忧伤时　她们往往声息全无

最后的残谱衣衫褴褛

故园谣曲　一片参差

天晚了　掠过庙宇　神坛　墓道深深

一阕新春被太阳晒干　孤悬在心岸

深夜诉说　爱和恨经久不息

让一只鸟儿越飞越远

今宵就是长隧的入口

横渡秋水　种子惹出一轮一轮的逃散

篱障困厄　从此疏离春光

经不住一次次挽留

太阳越唱越高　最终……

落日 黄昏 今夜有没有风雨

熟透的果子 此刻 应声落地
威仪之下的满地黄金
顷刻间 沦为人世的背景

山雨欲来 王朝的幕布下 种子将适时地抢种
把标语揭下来
捋开草木的须发
乘一只辽阔的破碗
从今夜的渡口出发
一不小心 星星雨一样落满湖水
去对岸沽一壶酒
若今夜无眠 就一杯接一杯地喝

夜再深一些 我就会沿着一根根雨一样的长发
走进经卷
或惊醒你一再的不安

必然的树叶　落下危难
廉价地转世于民间药典
烛焰　在落日之后表达了全部的含义
只是后半夜比我更累　说灭就灭了
若真有风雨　将成就谁的江河
撩开横流的悲欢　今夜　我带你私奔

山穷水尽　一场雨洗净黑白
又一轮天光云影挂满街谈巷议

午夜十二点

月光打开一枚树叶　有伤痕一样的脉纹
那个夜晚　信誓旦旦转眼被天规策反
驯服　在箴言中漂流
树叶如一枚书签　夹在银质的月光中

午夜十二点　月光比纸更白
问花败几回　有月无月都是夜晚
而前路又远又长
随时都可能是终点

丁字路口　绝一方去向
结局不同　另一半只能猜想
一壶酽茶　苦耗三更
天命　从来路的每一茎草上
被风吹过今夜

清扫一地落叶

唯一清扫不掉的便是自己的影子
每一个深夜都将惨不忍睹
只好又恨又爱地等待来日

窗外　一缕长发牵连果园的歌声
午夜十二点　我手扶明月
结局连着开始
温暖的留白中　藏有偷情与怀旧
从今晚跨一步　就是明天

风雪黄昏

一只羽毛丰满的鸟　飞得粉身碎骨
宽袍大袖　舞成一场无可奈何的纷争
今夜　失散的羊群忘记回家
你我曾萍水相逢
只是一再错过佳期
无奈借一杯羞愧　满饮乡愁
刚愎自用的剑气　瞬间就横过秋天

山水迢递　我深知
炊烟在故乡与异地间奔走
一定藏有暗伤

风从北方吹来　说
黄河之水早已成为一川碎银
白马一直在途中奔走　就要抵达前世
用蹄声饮尽最后一滴就要冻僵的水
此刻　乌鸦企图投机取巧

梦想着脱胎换毛

风和雪　织成一张大网
血肉包紧骨头
我在劳累的岸边　用收成赌博
唯一的星星就藏在风雪之上
诗歌的尾声又将是暗无天日
所有的精彩　都将在同一个背景上为人作嫁

雷　雨

闪电　将黑夜割得支离破碎
风　无辜地被斩首示众
疼痛难忍的云
终于哭得惊天动地

激情有时让我体无完肤
蛮横的挣扎后
降下一场汗水
泪　也许和悲伤并不相干

还 俗

净手焚香
黑夜在窗外拖累更夫
将梦像一把种子撒下
祷念收成

黑夜放大阴谋
以一宗疑似病例
蔑视朝政
沉默的湖水　只用来收藏落日

多少铁栅　皆已锈腐
恶意与良知和解
野林白发和成堆的落叶即将起火
你仍在禅意中养伤

精神的王位　宰杀光影
寸草不生　罪愆和虔敬

在身首异处中　用心修补
当大雪覆盖所有的台阶　诸事不宜

试着从一张白纸上泅渡
彼岸已是秋天
劫后余生　但　查无此人

树

走遍天下
也找不到两棵完全相同的树
所有的枝叶　都长成天意
风起　树有各自的行为艺术

独木　长在森林之外
于世道中　看
相同的情节和参差身姿
生在高山　及天
生在深谷　临水

风是什么样子
树就是什么样子

日月之下
一年四个季节
一天一个样子

乍暖还寒　是一个迷局

总是为花期受累
天时也不是很守规矩
迫不及待地点燃一身褴褛
和风乍起
树比我明白　只轻轻地摇了摇头

日历翻去上一年的风花雪月
流水少于眼泪
且借远来的消息温酒　越喝越寒
将越冬的感慨过滤干净
推门　雪怨花期

渔灯泛起的血色比水更冷
二月春风　本来就管不了人间琐事
凭尔去
笑脸相迎又模仿了谁袖里藏刀
裁一幅暧昧山水

一朵白雪开在桃花侧面

还是那一层温暖
已难掩虚脱的乡愁
书信顺势转向挽住天涯
爱上了　我又恨你

一块石头

本没有生死
当一个人巧遇一场雨
并无限接近你时
你开始疼痛

风点燃季节
和月光熄灭的声音
越听越含混
或以凡胎的木讷
被一次次色诱

听见一阵雷声　便出了远门
在天圆地方中
收获更加的苦难
且沉默如初

后来当羊群像舒卷的白云一样

一次次安慰你时

你学会了讲命谈天

萧萧　或像雨一样落下

风吹叶落
诗人之外　还有谁视为残酷
黛玉葬下的花
至今尚未发芽

十网打鱼九网空啊
因此网眼总是落泪
流水　将遗弃的日子一一带走
在下游泛滥成灾
那一年白衣白骑行于枯林
飞鸟落了一地
和弦灿烂的女子　银饰叮当
而无意中伤的说唱
重演了一场风花雪月的旧戏

那就让灯火隔窗注视
天赐的冷落

然后将怀恨在心的仇债放下
像一场轻轻的凋谢
田地荒芜
鬓发将往事越记越疏
果子　心地成熟地殉情
砸中那些覆水难收的
点点滴滴

孤　独

一个精神失常的人
创造了一则谚语
"太阳越晒越烫
月亮越圆越亮"

以壁画一样的身姿　反弹时光的伤病
一生造势　台下空无一人
又是谁单手鼓掌　拍打长靴

蓄爱已久的果实　一旦放飞
便久久不肯归来
炊烟传信　很久以前就没了消息
今夜　我就留在曾经的村庄
再想一次邂逅　或人世的美好
木质的栅栏有些旧了

临渊的绝壁　刀斧微茫

将冷暖系在腰间
骑上童年的小马
完成一次词不达意的表白

你用画笔　途经我的伤痕
然后贬配成僧
我在一张破损的素描上整理是非
锐利的孤独几经失眠
倒影　再配上一朵残月或万丈光芒
等你来打捞

一朵红花与水火交融的宗教

一世的悲欢纳入杯中
将融化积雪的诸多事宜交与春天
独自以酒数着日子的人
操起狼毫或利刃
刀剑盛开后　酩酊提笔
海棠或梅朵一挥而就

少年　在父亲早逝的当夜
与水一样绵柔的辛辣　结下冤仇
后来每一次狭路相逢　都刻意出一些情节
无事生非地放纵成陶醉的火
天地经卷中　神　驱赶着嗜酒如命的男人
在母性的河边献花
人世从此开始发酵　星星落下
如一粒火　焠中偏方

红花时有惨烈　就着前世的一汪血水

修炼　刀斧臣服
罐中清凉与粮食涅槃
一个人的主题　一分一寸的放逸　再捕风捉影
二郎滩的传说　打着灯笼　黑夜
在弥香的泉边聚首　史迹翩跹
落日在江湖燃烧
将船买酒　白云踉跄着走过人间

下一场透雨　晴虹的影子下
花朵　适时地派上用场
市井牵着时节　逼我就犯
知己相逢　刎颈之交拎着蹄声受难
以火为花　焚烧黑夜　酿一滴露珠是谁的眼泪
喜悦或悲伤

我在秋天

雁阵挥翅后　就新雨空山
我在残荷的边缘
听一个女子典当嫁衣的声音
一条百依百顺的河流
被弹奏得死去活来

风吹草低　破绽必现
落叶　肝胆般多情　体贴孤墓
今生　一场雨
就算是果实落地了
让我在异乡独自梳理风水

后院捋麻
一缕一缕地编成腰身
挂在银钩　看月亮赤身裸体的肥胖
玄色外衣是又一重深夜
惊醒于一颗怨词

谣曲一唱多年　仍不知深浅

将月光装进酒瓶
团圆一滴一滴洒满人间
我噤声扪灶　僧侣对此一无所知
篱痕之外一朵伤口
焚香　飘飘荡荡一段水路
舟横太远　春渡已空　今夜依然无船
倥偬烈马在檐下嗅着一地清霜

油伞挟雨　转至那年的村后
一盘好棋　下得水漏山崩
石榴失声笑出一捧血泪
秋风易碎　我取一件青蓝瓷器笑傲云淡天高
然后捕捉传言

借鸟和树的名字寄情千里

远方　红妆积雪
我已等得绿叶青葱
鸟和树共同相思着　半个春天之外
所有的深藏都大白于天下

抽枝发芽的词句　唱罢四叠阳关
折一声长叹　无辜地系上春风
策马相思　追一个背影
谁家桑麻　囚进了宿命的内伤

此料一次分手　竟成意外的天涯
三更入梦　伊人对镜梳妆
回眸　所有的花朵即将逃落
而雪依旧压在青青的山顶
苦不堪言　或是一场天灾
我注定少年白头

窗外　桃红或深或浅
而我仅凭遥远的空白　闭门描绘隔山隔水的春秋
在约定的路口　黄昏一病不起
江南春暖　红豆已从唐诗中醒来
兰舟又将催发　回都门执手
酒不醉不醒　正好摇船

昨夜东风

水 中

月亮在水中
风一吹　　就是一朵明亮的花
小桥在水中自在地圆满
山在水中让鱼儿上树
我在水中　　影子与我对立
头重脚轻
一个路人　　在水中的高楼里
依旧找不着家
往事在水中　　越流越远
水　　永远在人世的最低处
心怀杀机

深夜　并不安静

门　挡不住白昼的眼神
我心安理得地把诗写乱
乱点鸳鸯　顺便将远山近水
点得烂醉如泥
山不在高　水不在深
今夜越想越多
桃源装在心中　何须世外
花开子夜　谁为新娘
小桥那边不停地下雨

一根柴火　在孤寂中还魂
并传载春天
新雪在梦中铺开
剪断一缕梅香　你就哭泣了
然后又摸黑浣洗半生汗水
岌岌可危的山被月光击倒
在水中讲故事

明火执仗的酒色里
我大胆地招惹是非

敲门　我并不怕鬼
只是旧伤疼醒　闹钟响了三下
说明还在夜间

隔夜生锈

落日擦伤的金红
带着星光的锈点　升起
诡秘而不动声色
今日　天晴是一种奢望
一纸空文　滑过我的夜色

烈火试金　顺便烤焦一杯淡酒
梦中惊醒　随手抱紧丝竹　谨防
走调　或是担心你一夜之间
变成冤家
青铜　有人性的刚烈
而坚冰般的沉静中
往往蓄藏阴谋
让焚膏继晷的更鼓
泪洗浓妆

光阴杀人无数

忽又平静地躺在钟声下面
成为戏剧的脚本
人来人往　时髦的小船说翻就翻
北风数落着隔壁的窗纸
一层又一层　内幕终被揭开
只是一场大雪后
一切又将从头开始
就像你说过的话　隔夜生锈
磨亮后　又将是一刃快刀

以湖水证明天空

雁过高天　在无法预知的深浅里　与湖水暧昧
我苍茫四顾　醉心的神启欲滴
触景　岸柳早已扶起人间烟火
断桥从来就未断　映在水中　恰好满圆
只是某一天雨越下越大　所有的往事一笔勾销
待月圆之夜　寻梦三潭　湖水被盖上无数枚印章

南宋的水墨伤痕累累
在一张婉约的素描中　倒映春山
明清的黛瓦是又一重江南
一桥清冷　同是芳冢玉骨
一个举义仗剑　舞尽秋风秋雨　倚湖埋恨
一个香闺弄琴　弹破子夜　等那个未归的人
让人间天堂在钱塘云烟下侠柔相济
而镂空的身段　或许是一片最美的湖水
任凭填写人间四月
高塔镇守一段凄美　娘子入画

千年修行只是一支序曲　长过蛇身一寸
越过年年端午　桑麻持家
让一把油伞　一直缱绻至昨夜更深

书生时常往来　种下千古诗话　我也是书生
一次次踏破屐履　与水天爱恨
于是一首诗开始泛舟　数一瓣一瓣的落雪
种下沧桑　就长出衣袂临风
每一叶秋天　都途经春色
心中蔚蓝　早已迁就于一泓秀水
游人看一眼湖底　有天圆地方
用眼泪偿债　水将越来越深
云铺在水中　任世人修养前世今生
而龙井只需一瓣　便将春天浓缩成深邃的甘苦

在杯酒的对岸
我斜倚一句无声的禅语　遥望昆仑
荷花映日　别样的天空下　四时更新
晚钟　花月　西湖又一度春深
车马渐远
一块碧玉　与我互为传说　且广为人知

锦　鲤

——近日垂轮，钓获一条锦鲤……

从上钩的那一刻开始
命与命就交错出水深火热的邪恶
自天佑中惊艳
混迹江湖的无奈　厘开丛草
被太极的用意诱骗　断魂
惊醒的一刻　悔之晚矣

一壶酒就这样喝光了
从此投鼠忌器
在渭水之滨拣拾一枚锈针
刺穿天下游戏
沿一条细径　我离家出走
水光潋滟中　人为刀俎
孤骸　荒弃的家冢　天敌遍世

一首锦绣的歌中唱问

何为人世所依

水岸混沌处　谁在涅槃

梦中的丝绸

一夜风雨后　白绢绾住春寒
像又一场雪
其实传说并不遥远
传说就在屋后
或最温柔的指间

江南桑叶承载千丝万缕的阳光
也承载一生一世的千丝万缕
丝绸的遥远　覆盖荒寒
桑在滴绿　滴出满目紫葚
风一吹就流血

另一场温眠之后　长过悠长的江水
春草　柳丝　锦缎的前身源于作茧自缚
绵薄的旗袍下　春去秋来
歌声在月光中盛开
内心的布帛宁如雪夜

我如何挽留前世

最初的回眸　散落成窈窕的水路
柔滑如一件嫁衣
就此屏上开花
开人间烟火

晚秋之晚

最后一朵雁鸣带有剑伤　霜天裸露

残阳之后　孤芳

插上谁的云鬓

灵魂的手指　触摸天凉如水

一路走来的幽怨　勾引大雪

良家女子沉寂如等待来春的种子

家门如半轮秋月　庭院深深谨藏守望

深谷收纳半生的劳累

趁夜色还未降临　推门而入

灯影的花香　浮现细雨的恩泽

在一首宋词深处　婉约地结冰

麦地　有野藤和杂豆的踪迹

最远的一颗星星　孤矜　泪珠一样挂上远天

忍住清寒　从泥沼中拔起微光

往事在枝头一次次落难

独白于天下

泼墨成夜　发配的箫声诉说枯荣
秋水　彼岸　我逶迤的凛寒点鬓霜新
荒岩　携有旧账
风吹苍凉　余生　今夜不知甘苦
菊花来不及伤感
在另一个季节打开身世
回望山重水复　沁香且娇贵
远去的骑手歌唱母亲
根须在叶落之后
紧抓一天冷似一天的泥
然后在春日逆返　向天生长

今夜出走

雨水四散
雨滴的花朵黑暗地开放着
箭镞的速度比不上光阴
行囊不相信那一声呼喊
放弃姓氏的纠缠
断枝　指引一滴血的踪迹
故乡春风裁水
钝刀就靠在刚刚跨过的门槛上

谁独倚秋风
诵我白云一样的情诗
树　忘记年轮
飞出清怨和水影的鸟
光天化日下
变卖最好的形象

万家灯火渐次熄灭成

昨夜东风

后院月色中一片叶子的暗影
横贯在今夜的渡口
故事的下一章或将是
泗渡恩怨后　无病天涯
人世　风吹草低

雪　被

大雪封天
一粒寒鸦　点出黑色的泪滴
炉火　只能撑起一盏苦茶
纯棉的母爱　以雪一样的饱满
适时地抵达

呼唤　在冬天的深处穿越肝胆
棉被盖住夜梦　捂热泪水
然后养育出春天哗哗地流
雪覆大野　草和种子在默诵天恩
一个季节的主题是忍耐或
一次次拨亮温暖

有一种温暖　有雪和白发的颜色

诗　原来早就被吟成流水

汲水煮茶　珠玑浮上满池春宵
书院与襕衫　亲依一泓经典
诗卷　一字一唱　暧昧唐宋月光
谣曲婉转　水一样乾坤轮回　越过今夜

焚香　春天随月消长
在泉源　诗魂化水　化出风和日丽
月白穿窗　情境归敛　水墨与流溪吟哦
滋养万年浦江　普度亭苑内外的一千个春秋
吴溪归海　山门朝天
我借道流浪　隐居于一片乡音
辨析一首诗的山明水秀

顺手从书生御批的答卷上摘下灯火
种进如水的方言　乱弹生香
水月盈梦　催我从深不见底的春眠中醒转
情人已在泉边安守千年的花开花落

神性归来　天骄妩媚　泪流如水
手沾足够的胭脂　为流淌的诗书装点风月无边

醉到深处　身披鹤氅的传说
在绝世的水晶上　画一幅江南　万卷春风
我的深山在寒月下晴空如洗　软缎安睡
读懂流水　明月　蓦然回首
黄庭坚在廊下　短笛长吹
从江南到天涯　一壶黄酒　我与你春芳同住
清风移月　故人轻揽流殇　揽翩跹的辞藻
山水人间　热泪衷肠　何以销愁万古
仙华山上　一颗颗桃形李子　在世事之外
血肉一样蓄满诗情的朝朝暮暮

在盈月下渡水　我如一片落叶　浮泉生诗
钱塘东走　初心已成江海
千秋伏笔　谱写一个盛世　在轮回里永生
我在线装的月色里　浣洗秋风
整装乡愁　高挂起一幅千年锦绣
往事的倒影　斜斜地横过光阴
点燃流水　举杯　不论是茶是酒

一只斟满月光的酒杯

万古之前　就有江水
溯源　因为有月光　永不枯涸
月光下　水晶的杯盏满盈甘苦
美酒　别离　忧思　成就了
一帘风月浸泡的前世今生
泉　娓娓道出诗心的辽阔

是谁把盏当年　将良宵一饮而尽
然后　推窗望月　心中长留碧海青天
让我的空杯　至今藏有诗酒江湖
以及呼之欲出的山山水水

我在一地的清虚中坚守无眠
落月向西　引渡前世的初盟
风　从唐宋的行囊中吹向遥远
烈酒与雁鸣在我的羁旅中穿城而过
久别重逢的甘泉　融化冬天的大雪

古往今来　聚散深入人心
为逐月而来的一场场悲喜　挥毫或歌吟

泉明如镜　照天　亭依泉颔首
皈依江南　衣袂拂绿春山
又一轮月圆　杯盈如沸
所幸千秋诗事　还没有写完

让缣帛和竹简成为古籍

用一个个寒暑　将岁月搅拌成一池风霜
竹木桑麻　长出白云飘飞
用一生的足迹　走出薄韧的原色
白发和智慧　从此任由世人书写描摹

从案头的书本溯源
缣帛和竹简停泊在龙亭的岸边
汉字的家园　轻逸而厚重
文化　被随手轻轻卷起
山水田园　灵动出一卷卷沧海
文明　就是率先领悟
旷野良田　此后被一一耕种

书厢　翻阅出清风
功名和社稷被牢牢地记在民间
在竹简与电信之间
蔡侯的作坊　以竹木的精髓

横渡青铜　横渡千年的伤痛
诗文在纸上　花鸟在纸上
挥毫春秋　多少世事风华被装帧成永恒
某个深夜　我悄悄地折叠起一封情书
而官家正以纸质的告示招贤纳士

我将前世虚拟成一位书生
故乡的桑麻竹木伴我三更灯火
后来背上穷简的行囊　进京
考案奋笔　朝堂答问
转日翘望宫墙　贫贱的名字
高中在皇榜的纸上

昨夜东风

多年未见

一棵草　撩开山阴的秋帷
果实和天高高在上
而根须　准确地记下了脚印的深浅

桑田深处解密春光
解开绸缎的沧海　遥远
远在转身即是天涯
又于谁的怀抱中　夜夜失眠
自一根青丝梳理黑暗

风吹云低　一场旧雨下过经年
灯影　花开水底
然后在良宵迷路
嫩白的玉指　忆起一场大雪
可否相约　在新鲜的油彩中对饮

水月之滨　用花瓣记仇

春眠　自秋深处醒来
我在燃烧的白发下
吞咽歌声　不忆当年
人间处处皆是空门
抑或是退至古戏文里
一剑就劈开乱世　你我平分

裁丝成梦

——诗写旗袍

将烟雨江南裁成不朽的过往
风雅　停在昨夜的月下
流水小桥　冷暖自知
画中丹心扶病
漂泊于丝绸的春秋
然后独出心裁
今世的烟火　托付日夜东流
春光如海　感悟故人的情怀
在相约的时光中　错认归途

用柔姿呼喊　陌路相逢
手握杯盏　传奇　妖娆在世外
弓弦响板中　粉脂下盈怀
让痴情的梦境　山水秀丽
风吹影动　一笔丹青
画不归的当年

弄茧缫丝的女子　多情

神韵　寄内心深处的无限春光
岁月的断层回归
笑傲群芳　何惧风寒
落花的背后　诗情画意　偷渡月色
涉水而过的断章　在秋天迷路
故乡古镇　海棠半开
一领青花　隐约着隔世的瓷响
牵手　万事皆休

龙泉镇　炊烟酿酒

我未来　你已香飘万里
我来了　夺命的神诱　让我无家可归
譬如天酿春雨
伤害了艳阳的许诺

风吹云低　炊烟羞怯
用凝结的光阴　缱绻出醉人的情怀
让古镇和我
以及一场匆匆的聚散
醇郁弥天

一川烟水　谁轻舒衣袂
在酒香盛开的雨夜
用前世秘藏的江山
换取一壶　临水启封　甘烈
是耐人寻味的春秋

在古镇传说的春宵
目送你登舟远去
或是多年后我在桃花下野炊
烟岚越飘越远
直至与一场春雨相遇

将原浆归敛于宿命的深处
静听南来北往的风声　　传颂
古镇或大河两岸
风吹稻花的故事

采石矶上

就着采石镇的美味茶干饮酒好
还是以诗佐酒更好
这本不是一个哲学问题
只是天生的好恶　确能左右人生

八万里晴空下　江水横行　越流越远
采石矶上留有空杯
栖息的大鸟飞走了
据说是邀明月一起去了天边
只是长剧不肯落幕
楼台依旧　青竹手杖仍能敲打出
隔世的踪影

盛唐的杯盏盛开　青花蓝边　与秋雨暧昧
一醉千年　转世　王朝伏于脚下
拘泥的细节打坐于鼓乐之上
鸟鸣和落花声声诉苦

秋天过后　江湖一梦不醒
将剑插在雪中　春来发芽　石上生根

想起李白　难免想起酒
采石矶旁从不缺少美酒
叹我只有一顿二两的命

中国之中

——陕西汉中位于中国版图正中

在千里万里的央都　坐定乾坤
八百里加急军书　快马追风　一夜间四达边关

汉江之源　万古之源　剑端流出的寒水
壮美而苍凉
铁马金戈　蹄声依旧惊魂
家邦也许就源自那场雄争或霸业
如今已四海苍茫　江山辽阔无边
远山的高雪注目千秋
长江黄河是广义的天下
而嘉陵和汉水如永远的脐血
母亲和英雄坚守　并将巴山秦岭
怀抱的富饶　烙上帝王的年号

古碑历历　棋局黑白错纵
经典　在古原深处垒成史册
从古意中凭栏　指点落日及过往的君王

栈道明目张胆　奔袭的箭矢早已越过中原

笃学厚礼　诗家何止三昧

下马狂草军书　上马便

单骑出梁州　关河之外　直捣狂胡

羽扇指日月　鞠躬尽瘁

如舍身的江河　吐纳黄昏　最终遗恨

古汉台　拜将坛　张良庙　武侯祠……

英雄胜景　人去楼空　烽烟在皇陵散尽

热血在铭记　归敛成鱼米之乡

寻望伤痕与繁盛　烈焰西风

青铜与人性相互冶炼

多少随风四散的烈酒　为高天厚土燃情

北顾长安　南望巴蜀　汉唐羁怀处

一碗浆水面　濯洗雁阵的风霜

草长莺飞　只生长接近人体的暗香

某一日　我手捧西乡佳肴　借一瓢汉江之水

醉得风声不止　醉得四海无家

散落民间的不幸　诠释天地玄黄

诠释王冠之下的隐恨与暗伤

烈马在安静地吃草

响马和刀客义气横秋

自石门古隧　雕刻一首雄野的山歌

丝绸的绶带上　羊群恣弄着远方

蔡侯的素纸　如平野暖冬一场薄薄的雪

昨夜东风

149

稍一挥笔便溪流缱绻

古装的城池　春风逾墙而走

多少青山绿水中　朱鹮与熊猫贵为新宠

竹楼望乡　石屋筑梦

在金黄的花期中　移植江南

绝世的才子佳人　轻轻扶起一段江水

每一阵摇抚枝叶的风　在季节的尾声安眠

东南西北皆为家国　岁月的颂词捎带姓氏

曲高和寡　成竹在胸　遗风古韵自前世传来

江山万里　在版图的正中聚纳丰饶

李白 诗城在寻踪（组诗）

李白何在

三千丈白发如瀑　流成不尽江河
从古至今　面向沧海
旅人梦里惊心　回首处
茫茫江天　孤帆远影

在季节沉重的地方　春光破碎
风雨过后　江水盛开
我朝圣而来
诗城美酒使我想起当年明月
在久远的沉梦里　叩问天门遗踪
月下江边　何处打捞那些依然流浪的诗句
然后顺路还家

饮罢那晚满杯残碎的月光
诗仙与明月一同冲破江水
在人世的悲喜中　一路潜洄
故乡的江水流经夜暗
流出异乎寻常的日出江花
酒中剑影　杯中江湖
江水缠身的鲲鹏来自前世
越过远山　在天之高度上　孤空
殉难　拾起春宵的残片
抚平川流不息的目光
黄昏不老
明镜秋霜　拯救又一轮暮色
举杯　痛饮滚滚江河

今　夜

暗影的长藤爬满月光的枝叶
偶尔拾起的故事　显得无比衰远
今夜
或怀抱满月
或身披风雨
今夜的李白走出唐诗　以一种情怀把盏
今夜的皎月只照耀临水青山
面对盈月丰水　银杯玉盏　唱尽三生

琥珀色的眼泪　象牙色的江水
追踪去向不明的扁舟
只有月光一样的空杯告诉我
诗酒只是一种深刻的造诣
将明月与江水用诗意豢养
便是今世的花间一壶

月白的长衫在窗口洗尽俗世的情愁
瓷器的碎裂强引出美酒的骄横
万千风物　沉寂无声
孤灯　挽留夜雨的谦卑
今夜的归客　又与谁久别重逢

月下江舟

不沉的舟　不沉的水　泛滥于人心
船行山退　岸接荒滩
一次次取水　滋养宿命
有多少身背弯月的影子流连家村

不舍江月　不舍美酒
桨声起伏的爱恨划尽又一轮春秋
最后一坛老酒已无法支撑西坠的残月
于是你捋须吟哕　乘兴赋诗
有关

梦中伤愁　酒里沧桑　一世生死　万里家国
以及野渡渔火暗藏的淋漓鲜血

巨石临江　独对燃烧的头颅
无悔的热泪陡然落下
流水无语　清风不知所措
一朵孤云在天际游荡
一种隐痛在尘世漂浮
船行在心中　家在何处
星星洒满月光下的江水

江南桃花

万物消长
桃花极易引发关乎酒色的传闻
不过当桃花与诗意和友情做爱
便能开出生离死别的情节

诗仙流落江南　桃花最富诗意
最后一朵白雪　接近桃花
多少寒意　磨难春色
是谁在桃园深处彻夜不息地酿酒
怀旧的眼神越过余生
扁舟　河岸　眼前流水　足下深潭
唯一的赞叹　最终顺水推舟

天涯桃红　尽是梦里归心

我在月下种植虚空
打捞隔世的渊薮
另一个黄昏　摆酒设宴
迎娶随风而落的妖娆
杯光窈窕　春天在一滴深醇中召唤风雨
击节而歌是过往的前缘
夹岸桃林中谁寂寞地吹箫
唯一缺失的一瓣
开在深夜回家的路上　照耀隐逸与流放

半瓣诗话在前村转世
一片灼灼中　裙裾翻山涉水背负春风
暧昧的歌谣能否挽起锦心绣口

故　乡

碎叶远在天外
陇西风沙　天府日月
早已沿路挥洒
登达朝堂　也只有对脱靴研墨的不屑

故乡在纸上　故乡在诗中
醉卧江涛　抛开恩仇只奉青山

失踪　向心归敛　让世界寻找
江水从远古走来　一闪而过就是明天
在深秋的深夜　了却于山水相依的江岸
岁岁年年　远去不归的蹄声
传扬委身寄情　不谙风水的绝唱

江山无限地展现
土地一次次翻新
怀抱鸟语　踏遍青山
石上开花　是星星的夙愿
登上高楼　夕阳的叶子萧萧落下
将最后的悬案抛却　奔流到海
因此诗酒满江

日暮　我行舟乡关
迎风撒网　择水而居
不尽的沉湎中
皓月当空　对影歌唱　直到天明

桃红　在春天的门口点灯（组诗）

桃红　在春天的门口点灯

从异乡赶来　草木的香气掩窗
江南的乌篷落满红羽
解开血肉　认亲　忘却初恋
花　再往深处开一寸
就是一场风流韵事

桃符击打的沧桑涂满粉脂
凡尘　满头青丝　一朵红艳
落日的颜色不堪一击
是一种枉费心机

照样是青山绿水　依旧有红艳欲滴
桑麻是另一种主题

昨夜东风

157

雨　又一次下在江南
新娘开始远嫁　娶了桃花
就娶了整个春天和一世情愁
野风婉转地告诉我
小桃青涩　熟透的灯笼照亮鸟语
内心的繁华　乱阵

无心对白　只悄悄接住来信
想起十八岁那年　用白雪守候桃红
于是　将悬案弃于深潭
留给友人独自年年踏歌

一则谎言　醉倒所有的诗人

带着善意说谎的人　同样在唐诗深处
酒店只有茅屋一间　桃花何止十里

暧昧之词被一语道破
土碗比不上玉器
酒名小窖　兑有情谊和泪水
三寻过后　春光越走越深
用往事穿肠　天堂是酒后的人间

吐酒点篝
在桃花的尽处燃一堆火

从此夜色不再无边
用今生所有的诗篇滋养孤独
心甘情愿地再醉一次
受伤的乡音　落在对岸

天空湛蓝　一阵风过　桃花嘈杂
与歌声暧昧　并不真实
醉意蹒跚　只是另一种解释
蛊诱的结果　往往是一首好诗
劝酒的人　身份可疑

幸好墓地是一个小小的高度
在酒店对门

生死　与桃花的前世今生

从一场春眠中醒来
前世的酒饮得太多　深潭见底
我和扁舟同时搁浅
招惹桃花　误了一世功名
枉为君子

八百年前　我就三下江南
求缘不遇　羞红了无奈的宣纸
一生的背景里　桃花的情节被细腰闪开

东风不嫁　只赐我一杯桃饮
心善的寡妇告诉我　她的男人
只因移栽了桃树　也铲除了自己的一生

岁月横贯青山　歌声回首　每一瓣都是归期
兼葭察看着伤口　评说肉身
怀春的人半生闺房　半生水边洗桃花衣裳
而我的每一滴凋零
都将今生支离成一曲不可收拾的随想

倒伏的衣衫　烙上花的影子
把盏候风　打开虚拟的琴瑟
落叶萧萧　墨玉是深秋的影子
白马远去后　碎成一地春光

炊烟漫到天上
隐身的山水间　背影迢迢
落难　也别忘穿一件红袄
入药的前夜　熬成今世知己

瞬间桃花

那一年我走马江南
不幸错过花期

时令无情　一场酒事　掀开无辜的扉页
草木窈窕　背影是又一片落叶
如殉情的飞鸟　落落桃红　在宿命中荒芜
扯一根青藤　从月色开始打捞
唯一的泪珠　溅落在陌路

相逢一羞　半生回首
漂洗倒影的时候
手捧潭水　有桃花的形状
或是一朵小伞　只为雨开
花痴　半亩竹园　半亩茶树
从此醉卧红绡
溪水流经深潭　然后各自无边
夭折的祝词　为素心红颜旁白

人从远方归来
展扇摇风　摇出错过的那一朵
无法迁就的春深　只好在花期之外了断
万物的唯一　已经转身
血泪在空旷的遗址上盛开
这一次不再离去

在春天的低处　仰望桃花

春风红透　天空羞怯

半推半就地落入潭中　就此隐姓埋名
这样　我就能在不为人知的留白中
私藏大海　野渡舟横

爱到深处　一次胆大妄为的偷情
稍带特质的个体事件
在私心和诗眼中　收纳汪伦的情谊
独享千尺

风从头顶领走黑夜　领走灯火
感恩潭水　仰视桃花
最后一瓣女性的目光归落
—潭胭脂入梦——
揭开锦缎的被子
手提果篮　在甜蜜深处
采摘若有若无的姓名
跨过桃林　就到了天边　找要找的人……

有人在高岸踏歌　我跳下扁舟　不走了
在最后一场花雨中
带着没有泄露的隐情　和衣而眠
葬花的愁人隔世　今日花葬了我
我在你不知道的地方　艳遇

一滴遗酒　醉出春暖花开（组诗）

春雪尽处的一场对饮

捞月的那个深秋
就预知春天有一场大病
因此　今年的桃花和春茶
有过多的水分淤积风寒
江水有病痛　月亮映下来像一块伤疤
我执壶焚香　安置一滴泪水　偷换真珠
用仅剩的半杯踪影
入酒　入药　疗治五更

良宵所剩无几
盛唐的晴空　流连成一幅幅憔悴的琴棋书画
得意尽欢　金樽蓄泪　关山只在一壶
月色　还魂在江心

为诗酒削发　江水早已不省人事
晨钟三响　暮鼓依旧是整夜的无眠
望月　床前一地的白
只在春雪与江涛的恩怨间
穿戴山水　悟出地远天高

又酿新酒了　取当年的潭水
只是白发长过三千
一杯伏笔　成就了一次次流浪
江水与月光的辩证法则
还是东流不归
梅　耐不住春意　桃酿浅红
端举重生的诗句
一滴遗酒　醉出春暖花开

诗人的渡江方式

说起渡江　扁舟只是凡人的物具
而你却常凭酒兴随意往来
江水的坦途中
月亮也是一樽酒器
被你随手抄起　不废江河

天门　山一样高
关不住江水北去

你一次次江上行踪　采撷宿命
终将两岸渔火　以孤独的姿势
留在诗中

青山夹岸　一片孤帆今朝刚刚醉醒
忘了隔世的安危
或许明月真的被捞起
酌酒花间　至今也喝不干酒的苦味
江月依旧高悬
于是殉江而去　不问生死
石矶为船　一渡千载
人间已面目全非

独饮江南

只有诗到深处　才能轻易地
被酒店和桃花诱至江南
尽管酒意醉透轻风
也只是一张幕布
春天有血有肉
桃红的深浅不在杯中
饮尽花马金裘　素锦是另一重江山
登上高楼　一杯下去就白云化雨
故乡是渐行渐远路上的
回首一望

皈依　夕阳溅起横流的诗酒
盛唐雪落春山　瞬间斑驳成
难舍难分的流水
当归不归　桃花和白发就地生根
忘记了又一次风霜刻骨
在楚歌和落日的边缘
挽江　夜宿余醉
焚稿驱寒　成就下一阕诗章

江水　天上人间

江水登高　湮灭人间世事
江上往来的人　最终沉入江底
捉月　诗心不知人世的险恶

这一年你更瘦了
比秋天还要清寒
像大青山的一根竹
于是　你打算植骨生诗
风雨横江　石矶西望
星星从废弃的神坛落向
水印木刻的大地
那个月夜　你反复思量后
最终还是选择饮酒

孤帆远影　已卖尽烟花三月
江南丝竹　再一次漂洗往事
月光如雪啊　赏你最后一两白银
斟满恩怨　任大江一路铺展
苍老的情歌了断甘苦
银河只是天上的流水
就此踏破盈月倒影
编排来世的剧情

落日吹箫

夕阳太远　像一滴血
后面跟着一盏孤灯　慢慢地饮茶解酒

血肉铸剑　骨骼磨刀
后来就一囊诗酒　遁入人间
途中走散　只等那个远游的人衣锦赴约
百花开败的时候　才绿叶成荫
叶子落尽了　枯愁只好等一场雪　覆盖温暖
而你白袍封存的整个秋天
是否已参透一座孤城独有的箫声

鸟鸣掠水而过
惆怅险峭地跻身于一丛锦绣
你转身绾起江水的青丝白发

从彼岸泅渡至今生
衣袖一挥　天门顿开　岁月深不见底
用旧时行装将偏旁删改　登上高楼
一曲知音　声声蹉跎
寻踪千里　落日已被吹成典故

散发弄舟　伴你逍遥江南

将一滴水挂在天边　当作永恒的照耀
扁舟便穿透九曲回肠　忘却功名
在传说的水墨中　逃难或私奔
纵身尘世　一夜风雨后
醉袖抚动千金散尽

想那骨瘦如柴的山水
唯有一场别离丰艳
白雪黑靴　踏尽岸上春寒
仅存的空白　私藏绝句或长篇
只是错过一场又一场繁华
贴地而飞的落花
遣散一些渐入佳境的梦想　试图
与你探究泉眼的神脉以及酒的根基
斜插簪花的宿怨　多不白之冤

须饮酒后　从月夜出发　怀揣孤本

不知能否抵达你的一页江水
遗诗　在田田与凋落中一次次打开
渡口险过蜀道　谁在悔过江南
将小窖私酿兑入野史　举杯　逍遥在真相之外
只当满头白发如一阵秋风
长剑是横贯天涯的一根骨头

濮塘三纪（组诗）

水 一剂疗世的偏方

孤旅 若隐若现地流至江东
风吹 水就高过踪影
白云一滴泪
被水醉倒的人 并非不胜酒力
塘深塘浅 都在自家门前
蓄满青天的影子和人间的高山

诗仙若曾来此 定会因水而醉
明月 逐水而舞
此刻的扁舟 属于濮塘
醉美 谁在凝望我诗中浅浅流动的一往情深
爱我的那滴水藏身湖底
在我来的时候 还魂

泉　逶迤百丈　披星戴月
以玉乳的颜色　浇灌青山
愿望如叶上之莲　或开或败
都知水的善恶

江东　曾在一场春雪中内省
五千年太久　只需着一滴墨
一纸古宣　便苍茫出人间万物
水和身后的大江亦如此
玉泉湖或许能生出一叶帆　等你
顺江而下　或逆流西归

千年　与谁为邻

故人在山中　邻树结庐
仰观参天的枝叶　灵魂般撑起青山
春深之后　又是一轮秋光
千年誓约　结满佛心和道诣
精敛地注释了寺前的碑文

天上的雨水　从枝叶一直追到根须
普度　造化超然落叶归根的兴衰
教会每一颗星星　月亏之夜
泠泠地照耀天下
一场佛事　填满饥荒

万古销愁归来　岂止是萧瑟的苍天与往事交谈

我从一片梵音中脱逃
踏地听闻　每一声钟鼓都端举阳光
躬耕桃源　是道是佛皆欠一笔红尘福报
山水养心　是今生
树用自己的骨头在怀古
群山的史话被讲述成
农户门内　一院子吊瓜玲珑在人间

青山的秀发

将虚空收纳　静修南来北往的风声
一万条凤尾妩媚　青丝缠绵
神话　在云梦及天的地方缱绻
让青山和世人一次次扶正良心

摇竹求风　听海的呼啸
苍茫深处　原来落日如此安详
追随幽谧　最初的古道深入人心
俗世　多山野之恋
一碗花雕　让情人醉倒
长青的光阴里　少女在挽髻
或与青山同披一念漫卷妖娆的依依
江东如此灵秀　真不知杀身西岸的人杰鬼雄

为何宁愿抛首　不肯渡江

葱葱的火焰不肯白头
一簪枫红　是万里归来的秋
偷采莲子的女人　沿茶摊一路问去
最终竹影染绿及腰的相思　不知所踪
多年后我在天涯翻阅旧情
一边为女儿梳洗　一边读你的春心

花自飘零水自流（组诗）

——在金华"巧遇"李清照，叹八咏楼内外的隔世春秋

雁过也

那一年正是南宋
雁阵断章取义地诉说风寒
并将白云一次次删改
一如我羞怯的笔墨
修剪一场邂逅
也许一辈子只能往来一次
何况那是乱世
白霜一直下至江南
如瘦马驮着一纸淡淡的离愁
路穷天涯
江南　芳华虚拟
未曾相识又何必伤心
八咏楼　天意的契点　此后
流连的岁月如飘在月光中的一片雁羽

途经天上人间
八百年预期　只是一场空鸣

梧桐更兼细雨

恰逢细雨　且梧桐花开
只是雨滴已被反复珍藏
空余黄昏
透过老树的暗影
我对望你的厅堂
婺江远去　毫不知情
风光是一块用旧的画布
悲剧的主角　隔着草地和琴声
我兀地醒来　看见干枯的木柴
花瓣极不情愿地躺下

一溪弱流匡扶河山
家门之外　油伞与雨
暧昧出十八重风华
笔墨　气压江城
雨丝让一棵树　动容在春深
便于你藕白的塑身　在今宵
斜倚红尘

绿肥红瘦

卷帘人岂知帘外景致
已嫁与东风　不管主人
昨夜　黄卷青灯
在一场风雨中肥瘦
残酒　无法解开一重又一重是非甘苦

热血的花朵开败
情愫是标本　红妆
在流徙中　被冰雪
一层层剥开
于是你影扫空阶　仪容
仅剩一只簪缨　挑乱
参差的山水
春光浅淡成扶风的怨词
只是挂不上枝头
山河破碎　落红化蝶　化十万八千朵
残云流连伤悲　在今生之外
空枝玉骨是不是还在指望临安
谁知否

双溪汇成一江丰水
而我的诗行一片萧瑟

半夜凉初透

为什么在深夜越陷越深
或因心比天暗
一场旧爱　爱得光阴窈窕
独自更深　期许患难
将箫声研开　正好填补一段江水
玉枕纱橱　见证一盏茶的温情
如何颓散成凉露的无语

而不幸是又一次的夜半惊醒
彻骨地思念一个人
水就会提前结冰
薄雾浓云从秋夜的后半段开始下雪
填满铜质的香炉

此时正午　轻风无意颠倒黑白
斟上一小杯命运
生死　因果　在阴阳中不期而遇

帘卷西风

篱边流水　长过青丝一寸

在某一座孤城
用杯酒冶炼落日
将一页黄昏　绾在发髻深处
黄花传世　人无奈地憔悴成
一缕风霜　浓淡相间地
梳理长卷
帘是一小片心事
一惹西风便红颜婉约
南宋的江湖喋血成朵
月光和风雪漂白的背影
归期难料
将伤痕与病痛守成散乱的尸骨
天地君亲　也许
从那一刻起　开始凋零

月满西楼

一枚暮深的落叶
来不及忧伤　她就拂袖而去了
独饮黄花　原汁的秋色
让人在忘记家乡后重又想起
并唤醒一根枯骨深埋的月色

秋夜　月亮如一块刚刚擦亮的旧铁
女人不善操刀　期盼着另一种结局

回过神来　兰舟已在一世的沧桑中
无岸可归
避乱　谁料想又一番祸起萧墙

雁阵准时地诠释着寒暑
今夜的楼台高过所有的关山
藕神　在夜的蹉跎中出落才情
倾覆所有的泪水
也无法抬高自己
倒是弃在天空的一滴
让后来所有的佳人寄托相思

吹梅笛怨

春意　在国破家亡中如期而至
暮云后面　一把孤伞大于梅花
而雪如来犯的天敌
一朵一朵地掩埋遥远

神缔的天堂储满繁华
风吹独秀　有酒的逍遥
如今　白雪茫茫的篇章中
唯你倚身节日的背影
想一去不返的宿命

吹破阳春　另一番憔悴里
箫声无法凑成花的形状
真龙天子已骨瘦如柴
素裹红装　是一粒锦绣的药
在笑语之外　疗治残山剩水
凤冠霞帔　从汴京一路谢成
所剩无几的江南
让一笔瘦墨　在怨词里藏身
故国虽然遥远
但却被后人开门见山地指认
借你的时光消遣落日

守着窗儿

雨丝即是珠帘
抚一遍雕花　旧伤必现
于是打算　赶在天黑之前
再一次虚拟剩下的时日

雨丝暧昧着临窗的鬓发
嫁妆已长眠　媚闺病重
伸开手掌　捕捉晚秋
风从镜子里吹来
美玉岌岌可危　然后
世道发难　举熄灭的蜡烛

又是秋水　又是天涯
苦海有足够的眼泪
腌制原味的忧伤
安详地　带雨撑起一片暮色
寻寻觅觅　路头连着苍天

怎一个愁字了得

一个字就占了你一生
把枯井淘空
雨滴是最后的秋收
鸥鹭的羽翅已飞向另一个季节

从盛开走来
将落日藏进余生的伤口
在诗中煨药　深知
碑文并非一笔就能了就
今夜究竟有多长
将山重水复归敛成一星烛火
摇摇欲坠

水从源头流来　流过今生
钟声是一种回应　敲散白发
最后一程已忘了词句
舟船车马远道而来

载不尽人间聚散

花自飘零水自流

所有的星星落满流动的日子
相思和闲愁又一次重逢三更
将寄语写在注定落单的影子上
江边乌篷就
南辕北辙地起航了
最后是一杯水酒凉透子夜
比月光冷了三分

秋深处　裁诗成袍
人间翻滚而去
江南迟到的西风　熄灭红颜
饱蘸悲欢
画一座孤桥　在流水之上

西湖岸边（组诗）

触水横枝

西湖边有多少树枝
就有多少美女
在满树的时装中
谁的衣衫　向尘缘深处
探出一支寂寞的水袖
横枝触水　尘世的好梦被轻轻钓起

孤独是一种美丽
红杏出墙　向水中投掷孤独的哀伤
将芳魂绣幕的呜咽
写进残缺的春色
当初那束撑破镜子的花朵
是否在南宋枝头

挂满月光的铃声

离群 天涯孤旅
江南柔曲中一句走调的弦外之音

苏堤 白堤

一座桥又一座桥
像串起的相思的珠链
拐过弯便是断桥
断桥不断 但珠子终会散落
让世人追梦至今夕何夕

纸伞太轻 独闯帘外风雨
飘飘衣袂 尽是潋滟水色
前世今生 缘定于哪一个多雨时节
手握一杯江南 酒有点凉

古寺钟声 惊破怀旧的帷帐
西湖的笔墨 写尽当年春秋
只留一把折扇 收拢散落的遗踪
而屐痕不知深浅 直通旧时绣阁
一声叹息 缘舟而发 追随梦里归心

喷　泉

将目光散尽　又一轮烟花易冷
向天洒雨　诉说着繁华的节奏
沿雨滴的来路溯源
循环着不尽的天恩
烟雨啁啾　鸟儿噤声洗面
风哨导引着水的骨肉

变调　唱过春夏唱尽秋霜
是否还有些冰冻的珠子
击伤那个无知地苦守的人
泪雨　有时也缺些温存
表达着喷涌的爱恨
滴水忧伤　暗恋着江南的风流

花开花落　是西湖不尽的话题

在西湖边寻林徽因镂空塑影

又是人间四月　江南春光如海
不知在哪一首诗的背后
湖光山色　昔日花间

旷世精美莫过于你的身姿
才情无度染几段情缘真爱
想不想都是风流

我一页一页地翻阅无形的逝水
想起一些经历和未经历过的往事
是否有一滴不自觉的眼泪破碎后
真正融进了西湖

我在人间寻你的倩影　蓦然回首
走过了四月的一天

苏小小

我不是某一夜叩门扉的弱冠少年
不过有可能手执一支洞箫或其他
有关风月的物件
乱情一回江南的春天

香车青马在古屏中折旧
茫茫湖水阅尽钱塘云天
书生赶考归来
不知柳下媒红能否劝住落泪英雄

酌酒焚香　雨声落满身后

飞花渡水　轻揽隔世炊烟
一块打碎的月亮飘入西湖夜风
是谁在春宵深处等你

在渭塘月色下（组诗）

踏月吟珠

且将今夜的帆影轻轻地拢岸
看盈地珠光深掩灯火
我手握铃声　猜度绣幕
典当楼外桥头的玉人吹箫
不经意间　点燃一场春风春雨的诉说

珠匣满仓　伊人独舞　秋意彻骨处
翩然烟水苍茫在心间
仪态万方地诠释着富丽厅堂
我想起风雪夜归中　红艳欲滴
潜藏的山水　风吹鸟鸣
兰舟催发　悬挂着晶莹的声响

唱晚的情思　缀满天幕
最终落在白居易的盘中
桂酒明月　道不尽人间温凉
湖水深过天穹　谁的眼睛在今宵登岸
云淡风轻　深闺浅藏熠熠缠绵
在近水楼台　收纳月影

月影寄情　玉指弄珠
泱泱潋滟中　船歌圆润如龙卵生辉
墨玉秋星　跳荡胸怀　激越且深邃

泛舟心海

瑟瑟秋风中一场无言的邂逅
谁家女子兀立船头　娇赢如珠
曾经的初盟　守候远方的消息
一脉野水　引渡前世今生
夜暗处　有天鹅掠过邈远
然后月照雕栏　水韵独闯关山

花谢花飞　风起　萍踪无影
远山接天的白雪　粒粒滚落
寸草不生中　顽石被风吹开　似有莹莹泪光
乘舟入水　画中点睛　打捞满湖倒影
天心圆月　心中锦绣

衣袂潇潇在隔水汀洲

宫檐滴雨　效仿珠碎
一路追踪至墙外满园的果子
如层层景致　熟稔无边
怎奈又是大雪封门　促膝终夜　指点新春
斯人独去　于昨夜分离
执手间　雾深月残　弦歌芬芳

光泽如灯　照耀心语
天凉如水啊　美丽音符　洞穿乾坤
泛滥着水荇深处的漾漾星月

姑苏城外

寒山寺的钟声不知已几回白头　如
一字一珠的唐诗　遁入人间
遁入渭塘的汤汤大水　隐居
炊烟之外　音信全无　人去楼空
问你我将在何世相逢

吴山隐隐　暗藏翡翠的容颜
而今又一度风雨横江
客船载珠　驶入人海茫茫
枫叶渔火如夜半雨点委身江河

一滴水　一滴滴珠圆玉润点缀人心

在姑苏的江天　落月成珠
枫桥畔　莹霜覆地惊飞寒鸦
小道蜿蜒　你我接踵同路
是青梅竹马　还是相见恨晚
吴侬软语　饱孕沉思

城外田园　原本就是一册沧桑
书生弃舟　风雅依旧
问故乡安在　今夕何夕　未曾相识

在水一方

一方泽国　依江望海　泾渭分明
我乘一路秋雨　抵达江南
江南百花　亦已掩面别过
但见满目珠光　守护星汉
接天帆影　掩不住风浪
珠帘悬窗　听得见远方大雨声声
轻舟快桨　出没风波
问何以流连　知心尚在水中
何人伴我远行　盛装出水　对峙樱桃
深秋野菊　山外长天
一首谣曲已唱得涛声依旧

日月交辉中　登达皇冠无限风光

月色将尽　野渡舟横
灯火阑珊处　有蒹葭杨柳的苦守
乌啼惊梦　泪珠聚成灵魂
怀想的边野　缀满玲珑
龙蛇潜游　取道沧海
在岁月的高台上　摘星

放飞的鸽群　如星辰灿灿
回首一梦千里
却见依稀仿佛　她在水的中央

天河两岸（组诗）

天河临凡

一匹土布很长
印有凤尾或喜鹊

织女庙前　浣纱的女子在浆洗身世
面对沧海　背负桑田
沧海可汇纳所有的天地来水
桑田　几经爱恨与转世
最终可印染出长长的江南　和
江南月下长过天水的情怨

土布和丝绸　托起一片巧云
看银汉迢迢
问人间是否还在飞星传恨
天规是一声惊雷　唤醒江海
无家可归的雨　落在天妃宫前

浇灌姻缘　草木也知恩爱
路过的媒婆　顺手拔下银簪
弹一曲江南丝竹

日暮　花和鸟一齐飞落岸边
妆点二八年华
牛郎放牧归来　走过吴越的黄昏
天起雾了
便于星河与江海联袂
让所有的水和眼泪　在吴侬软语中
比翼江南

多年以前

那一年秋尽时道路泥泞
雨声一遍遍洗刷着晨昏
等候的歌声　只有你能听见
路头　水声涉世未深地收敛着月色
小戏园满堂的看客大多和你我一样
听不懂戏文
只看台上红男绿女穿梭今古
在一两声唏嘘中落难而去

那一年冬天白马在大雪中翻山涉水
追踪蜜月新娘

重演一场旧戏　只是没有下文
暮色之后　红装起轿
喊一声就锣鼓喧天
我一路奔突　追至十八里长亭
有人翻身下马　灯笼在水边哭了一夜
待掀开花香
却又要泪随红烛流尽夜色阑珊

年复一年　家园失守
水和火在相约的时刻各自沸腾
一河胭脂　流不尽青黄岁月
三千弱水　一瓢散尽
只愿借从前的月光　漂洗我的三更
在七夕的深夜　等你绿叶成荫的消息

用炊烟渡河

曾以初恋的柴火　抵御冰霜
熬制落日下千里万里的温存
冰雪消融　天上的河流隐忍着市井的无奈
桥断河封　两岸无船
后来我燃尽稼穑　泪珠如暗恋的水墨在河中暧昧
漫漫流浪成炊烟的形状　追寻彼岸的花开时节
天河的水像不归的羊群　一路泛滥至人间

河流之血去了来生
恩爱只是支流的选项
鸟鸣自前世衔来烛焰　然后婚配
心　沉进私欲　想你拂袖的绝怨
回心转意　在午夜绽放
东窗洞开　如刀光映火　彼岸早已枝叶扶苏

点火焚香　越飘越远
烟岚高挽　重门紧锁诗厢
红尘深处日夜东流一片水声如呓
人间的影子　在天上倒伏
星星叹息　如黄昏的果树
我手握白云擦拭七夕的雷雨
走过萍踪撒瓣瓣落红和关关雎鸠之声

鸟自故乡飞来　天门顿开
云深处　江山不改　嫁衣盖住河面
往事云散在落日的边缘
渡过七月　渡过天上人间

牛郎曾来过我们村前

将一条白亮的山路误认为天河
于是他来到了我们村前
怀揣各路传闻　等在七夕的门口

豢养的那只鸟告诉他　灯草和石磨
至今仍在河中沉浮

修鞋补伞的老人　一直就在村前古树下
半劳半乞　看世人耕田织布
四季如一杯粗茶热了又凉
他所记得的当年美景　是
桃红的往事　曾栖身红绡帐里

江南　泪水的故乡
说一根银簪断了绝路
天　依旧青青
星汉渺渺　从此痴迷漫天的羽翅和一河呜咽
鹊桥是否会云雨复生
七月过后　瞬间就天凉如水
一场法事　求
续缘一面　了却一些胜过抱头痛哭的心愿
被草木忆起的是一条小路和满园菜蔬

赏荷的那一天

那一天我用清风赏荷
若隐若现的云天更加支离破碎
一片青绿扶起红艳
缘深似海中　甜蜜照旧羞怯

蜻蜓较为固执地尝试着
与生俱来的表白

船歌采莲　误入深处　直至红藕香残
香客只求来生
而我在无心争渡中
决心挽起今世的翩跹
守断秋水　等雨落残荷的寓想拣拾蹉跎的脚步

心生莲藕　身出膏泥而白如脂玉
无言的夏日　荷的心事颠沛流离
最终是把持不住的彻底倾诉
于是爱一片水深
我是被你垂情的一尾游鱼　凋落中对答
两只蝴蝶飞过苍茫天水

绿绸宽逸　红心颤抖
田田在江南　一封书信穿越晴空
三千年相思撑一把绿伞
寂寞箜篌委身纤纤玉指
迴廊直抵禅意　裙裾的海洋
雨点弹歌　红颜秋风的恩爱　白发开花
羽翅剪开白云　为你开一个盛夏
即便是光阴虚度　也能用私藏的莲子煮汤

一种品牌　蓝天下
温暖而多情（组诗）

一种品牌　蓝天下　温暖而多情

籽实与布帛缠绵　从遥远的南国
或更远的地方　逶迤至今夜

你不在的时候　雨水和干旱交替荒芜着一个个长篇
大雪无边　炉火在闪耀
还有在水湄驻守的　一枚光阴
满园桃红偏淡
需从千山万水中提炼一粒　并生死相依

蓝天的衣袂在远方飘拂　守卫邂逅
也守卫曾经的夕阳　以及琴声和香水
守住一棵树　从盛唐开始
我一直等在秋天　成熟得泣血

是否需要一场灾难将你送回

把幸福写得很苦　终究是
纸薄情浓　有你归来的影子
珍珠和鸟鸣羞愧地潮退
只有星星和红豆　一颗对一颗地天上人间

一次次采撷　依山傍水
白月红心　拒绝夜暗
天色微凉　在满月的情节中
你温存地让一种品牌　在我贴肉的层次安家
谁知又枷一重相思
七月流火　是爱到深处的又一刀刀伤
七夕夜晚　洗澡不换内衣

红豆　向谁示爱

其实原本和我一样普通
较为本分地沉潜在世间
谁曾想　不由自主地被王维一笔写进千古情怨
此后　泪滴　露珠　落叶　沙粒抑或草木　流云　星月
　　长风
甚至是叹息和哭笑皆鱼贯相随
有血有肉地舍身尘世
常在深夜破门而归

家仓对岸万里之遥　宿命在零星地秋收
手捧诺言的女子　将时光一粒一粒隐姓埋名
细数月圆之夜
只要是红豆　定会春来发枝
并稍稍高过悬念

后来一批勤勉诚善的人
借你的名字温暖人世
也温暖你我过往的青葱
寒意深处　一盏盏灯火点燃鲜红的奇迹

一份盒装礼品　赶在七夕
让我想起多年前的欲说还休
将情爱串成佛珠的模样　阅尽南来北往
方知一直爱到今天

一句表白　引起漫山遍野的绽裂
阳光下　如风如雨　一片萧萧

将相思种入守候

一颗豆子　固执地红着
生怕丢失　在胸前嵌成朱砂

有人隔着时光　将凝练的热血种进沧桑

风雪　以及那些苦难皆已远行
竹篱散尽　一串泪珠正好落在下种的地方
越过春夏秋冬　赏一颗红痣

遍尝甘苦　直到旧伤复发
怀想太过深重　至今毫不变色
并敲打每一场秋雨
白底红点的衣衫下
山梁一样坚守的曲线　承载每一粒情深

自唐朝种下的那颗
半推半就地与我的私情谈笑
接下来的章节　夜夜酒醉心明

种下情爱　如灯火种进黑夜
闻知你又毫无征兆地回到故乡
一把草料　裹上心事　喂你的瘦马
高悬地燃烧　丰盈着晚霞　并与枝叶交辉
唯一的线索　就此深入人心
被假想成许多不同的结局

在你的光影中采摘情深

意外的机缘　我不幸采得几粒红豆
在逃婚的路上　借星星的光影　聚众相亲

后来豆们离散　在七夕的末端　试图
复制某些情节　泅渡水袖和落花
直至草木和鹊羽一同燃尽
心偎在心中　相依为命地流落远乡
那是我要去的地方

一定会回来　黄昏
太阳有豆子的颜色
面孔却谎言一样虚白
缝一颗红纽在胸前
好牢记一些往事
沿来路拣拾声声呼唤
此处山道正好拐弯

三千弱水之外　尘世已泛滥成灾
蓝天结籽　在树端凝视
看谁在一贫如洗中消磨安危冷暖
红颜易老　豆子年年开花
最终逃落枝头　探人间秋色　究竟有多深
错开那些海枯石烂和累累伤痕
不计前嫌地怀抱合欢

女儿很小的时候就知道
心和星　一个在胸中　一个在天上
深雪之下　种子在默诵前世
高过白云的情歌　在星光中动人

此是一种炽恋　契合春秋
如今　成熟的豆荚　收割童话
并将七夕河边　腰身细瘦的月影
一笔一笔改写成中秋

百年后　又是春天（组诗）

茅台　我看好你的第 101 年

一次粉身碎骨的绽放
用绝世风华　点燃万国九州
衣冠楚楚　争相穿肠而过　抑或点燃千年陈腐的血肉
贫病交加的天下　尊崇一种华贵　并暗暗向往
山河破碎　风雨飘摇中开一朵烈焰　遥对夜空
苍白的画卷　如大雪封门　而水火交融的情怀
和着辛酸血泪　疗治东方睡狮的神伤

万盏华灯　不敌一杯美酒
赤水河的枝蔓　与高粱和麦穗一同转身
夜郎古远　这一回并非自大
从枸酱走来　将所有的往事升华　表达旧梦和神往
古道开天　君王低首　史册深处馥郁东方异彩

回首关山　寒婆岭下　半边桥吐纳千年的醇厚与悲伤*
古窖独自沉郁　瓮中铁骨　自仓廪和炊烟中递生落日　在
　古镇歇马
神话和奇迹　退回每一次蒸馏和发酵
将青山绿水塑成赫赫丰碑
用智慧和信仰渡河的那些人　以如酒的磊落
演绎出英雄壮怀和惊天的气概
史诗　在酒的故乡诞生
点酒吐簧　长风的声韵醉横天野
醉舟向晚　饮一杯登高望远　再一杯沧海横渡

沧桑赤水　背负红色经典　流经又一个春天
我漂泊久远　逆水而归
百年已过　我们又将播种高粱和麦子
并揽住泉溪　在盛宴中举杯
让传奇和神韵再度契合东方的国酒国威　温善且峥嵘
斟满一杯阳光　与你邂逅
此后　在天边小镇拥你入怀　用一场烂醉　肢解我一生的
　夜暗
烈马长缰　驼起清风明月　江河归海　我在人间彻悟

注：寒婆岭，半边桥为茅台镇景观。

酒与歌声在一个小镇执手相逢

河水断流时　在一个小镇用酒续上

这里有高粱的火炬　麦穗的阳光
茅草土台　为君起舞　舞出醇烈为芬芳衍续
高标的旗幡　召唤流水
神启之后　风和日丽　或是一场春雨

送别千里　举杯放歌
爱恨交加的烈火　涅槃遍地人烟
大风狂野的山水　迢递出神圣冲天而起
打开重门　金碧辉煌的歌声落满黑夜
酿造田园甘美　让所有的离散久别重逢

在博爱的背景下　把银器擦亮
相爱的结局不一定完美　但阳光沉郁后　注定要燃烧
大胆的美人　走出深闺　抚琴仗剑后　又
独自走笔惊天　帘外空箫　丈量流水的短长
此时是春天　一杯辽阔　一杯深邃　醉倒沾衣欲湿的缱绻
路人相问　转道同行　舟船不羁
纵情的江涛上　畅饮浪里乾坤　就此临风把酒

酒歌一曲　曲终人散　各自温暖
冰雪在燃烧　从此长势良好
内敛的传说　徘徊窗前　涓滴古泉就是大海
诠释骨骼磨刀的艰辛
我的陶埙吹出酒味　深厚　并奢望一种愿景
让酒与歌声　在诗中佳偶天成

醉在今宵

从一杯酒入梦　暗自涨潮
江湖夜雨　成就一盏明灯
用一杯酒递接晨昏　然后超然致彼岸
酒浓如蜜　蓄满精锐　让灵魂展翅　方寸不偏
所有的悲喜突发大火　让真言毕露　让假意仓皇
将阳光纳入深夜　不见天日的修炼后
梦中的斜阳草树　应对遍地刀枪

风雪夜归　推杯换盏　与红泥火炉知己
长夜　甘美入口　岂知周身哗变　促成一次冒险
父亲般的刚烈　坚挺起虚寒与夙怨
母性的绵柔　一层层浸渍我年轮一样的暗伤
经久的心病扶起腰身　醉里故园重萌善心与禅意
面对远方　行囊只有一壶思念
天下之大　有酒即非异乡
血色黄昏后　独拥星辰　独拥良辰美景
人间与天堂也许只有一杯酒的距离
星星是散落的高粱和麦粒　酿就一轮又一轮晴空

落红遗香　一只空杯醉我
黔川古道　一只灯笼早已熟透
与婉约缠绵　把豪放打开　便是有山有水

鼎食钟鸣　喝出忠诚　喝出遥远
让敲碎的金银　追随明灯
穿越千秋　穿越百年　百年未老
醉出一场场生死重逢
今夜你若归来　我以情歌佐酒　将你刚柔相济地蹂躏

岁月深处的一盏豪情

大梦初醒　阳光普照曾经的不幸
黄泥老窖　古陶的沉默中　春天破世而出
百年弹指　举一杯盛世　邀约江河
烂开的岁月　酒　像钟声一样响亮
将丰美的图腾　高挂在日月之上
召唤永生的华彩
温厚　遒劲　雄烈　胜过山高水远

多少人生命的食谱中一记重锤强音
一位东方最伟大的广告师
曾以惊世骇俗的壮举
将唇枪舌剑的争端　醉成和平如一路春风
光阴的长隧　孕育赤诚与勇悍
侠骨柔情　从此爱上三杯两盏
让我在诗酒年华中　顿悟真理

紫檀架上一尊岁月　一尊国色天香

多少生死轮回　超度悲剧的感伤
遁入人性的归宿　又一场新雨写意春秋
既是极品　也是良药　更是沉雷金汤
酒泽如海　一杯国运　漫漶天下豪情
太平　注释每一次沽酒的缘由
在流连中静思　不如纵酒恣情　披肝沥胆
面对你的华贵　我期盼新梦成真
美酒穿肠　热血酩酊　是谁路过了我的今生
想象着一次次开怀　在今夜落笔成诗

柯城浅纪（组诗）

棋和江的古源

所有的雨滴和星星暧昧一方乐土
围棋和钱塘便跃然东南
然后是浩荡东海和黑白人间

虚拟的灯火叮满夜暗
谁向苍古的天幕投一枚月亮
这绝世的棋子
黑白轮次地注目古往今来
江湖万里　　一场恩怨情仇
直奕得俗世烂柯

月色如虚　　帆影像一张棋纸
被响镝洞穿

钱塘之水越来越长　绕过座座空亭
在天地之外　神启万物

我是黑白不分的一枚
所幸这一盘　被天神弃落柯城
动用所有的血泪
为你和局

在最深处雕镂
——记开化县根宫佛国

让爱和恨寻根而住
千年序曲　只为一声钟鸣
得见天日　便超度世人和我

从古根中救赎参天的枝叶
前世的绿意随烟香托举的佛光
照耀越刻越深的经文
春秋大梦在叶落归根之后
点点疤痕守候出周身的慈悲
向我展示所有的善心与禅意

我是一块外乡的朽木
祈刀斧之缘　还魂在开化
如果实在不行　就烂在根宫的阶下
或逆溯钱塘之水　一路向西

江郎山 诗情的草木

所有的草木都是在南宋发芽的
在往事的背面
八百年沧桑文脉 葳蕤出一个个季节
青葱或金黄
用每一片叶子吟诵蹁跹山水

帝王曾在临安一天瘦似一天
唯此处蓬蒿湮灭南逃的马蹄
唱和梦里江山
流泪的白云浇灌一天天长高的古韵

遗世的鸟语盛开 直抵前缘
踪影 在千古约定之后
婆娑出婉约的果子
点缀苍白的身世
让我安心地诗写东南
即便是枯枝 也挂一朵落日

在廿八都 能否找到我的前世

一壶酒 直接将我醉回遥远的明朝

筹著满怀的贩夫　在禁海闭关的夹缝中
逐梦商镇
岂料只喝了三碗香茶
便赔光了白花花的奢望
手握三枚带锈的铜板
叫我如何还乡

变卖血汗的挑夫
夜宿野店　禁不住诡诈的蛊诱
一夜风流后　囊空如洗
回家的路　又长了一年

从学徒到掌柜
南腔北调　一年年磨损我的乡音
耗得须发白过银两
趁手中尚有宽余
买一块好风水　静守来日

煌煌锁钥　繁盛东南
只见得四省通衢　五路畅达
为何怎么也打不开我的衣锦之求
后来无意中看了一局好棋　一转身
便两手空空来到今世

在黑夜的颜色中（组诗）
——写给煤矿工人

矿 灯

与日光同行
在另一种天涯燃烧着热血

背负天歌　仗剑
闪电的河流告慰日月
明灯照亮骨肉
穿越没有月光的大海
英雄头顶千古侠义
夹一滴血珠射向坚壁
目光如炬追问人世的冷暖
在黑色的庄严中　迂迴千山万水
直取心灵

真情　高举光明掘进
看一眼夜空星星无语
转瞬光天化日
城堡森森　蓝天辽阔　人世繁华
问何为烈焰　只缘今生无悔
宝石何曾夺目　黑域深深
光彩点亮汗水
临窗观照　心旌飘摇
锃亮的呐喊源自午夜
金戈溅血啊　刺穿隔世的沉默
黎明璀璨

深层星火

潜藏在最黑暗的地方
有岩浆的花朵
解开夜的纽扣　从大地的伤口重见天日
天地之门洞开　一首谣曲闪耀着悲喜
弯弯的河水　流经曾经的远山
温暖着北风的荒寒

黄昏　落向煤层的方向
修炼成何方日出
谁在其间敲破睡梦
暧昧出夜炊的烟火

表露桃花的柔情
也曾头戴簪缨走过门前
枯木逢春处青葱的手掌
擎起玫瑰的倾心
书写红颜欲飞的典故

天呼啦啦下雪
雄烈的火种从地底逶迤
长隧直达天庭　于亘古之外
诉说着灯火万家
春去秋来　晴空万里
让彩焰与蝶影
相逢在归来
相逢在眼中
相逢在盛世

骨骼与暗藏的岩石

刻骨铭心是一种被焚毁的壮烈的苦难

虔诚地修炼铁骨
深沉的记忆离天遥远
无言的尸骸逆溯着母系的血泪
风让骨头有了方向
并惩埋坚顽

勇士出征把玩着生死
箭矢与热泪越过铁马冰河
在昨夜还家

伤痕灿烂　谁让谁粉身碎骨
烈酒封喉　演绎出生动壮阔无边
靠紧肩膀举起手臂
让岩石千疮百孔
血肉点燃的炽烈
如远方闪亮的金子
孕育开掘不尽的光芒
财宝如山　雕像带有夜的颜色
注目后常在黑暗中苏醒

情感和意志升华出血肉之峰
我虚度的光阴瞬间崩散
大地辽阔　暮鼓声声催发车马
伺炉弄炊　惶恐破碎　地老天荒处
让灵魂不再寒冷

隔世的燃烧

远古的森林　刀枪并举
一不小心就烈焰烧天
只是转眼败退他乡

宿命的遗址囚禁着烈火
也许就在雪山之下杀机四伏
沉睡的干柴
在"暗无天日"的拯救中借尸还魂
以爱恨相依的身躯复仇报恩

头顶蓝天手捧陶罐
一层层人影如纷纷落花
任大风吹断古往今来的江河
神话一页页打开
岁月的顽症成就壮举
光芒四射的传说
血色凝重　接近严冬
我们在深夜的果园采摘
钟声触发烛光绵延一路开天辟地

浓墨涂满原野　灯塔高擎
再一次举起人世
有人越过宫墙传递家书
走过朽木内心的空白
为大地舍身

昨
夜
东
风

在大地上（组诗）

在大地上

血肉开花　在遥远的时节
瓷器伤心地碎裂　无法逃遁
于是刀枪的森林　长满大地
新的长城　一夜间崛起
有四万万五千万块不屈的城砖
黄河　以悲壮的血泪　洗濯
九万里山河的不幸

野性的枪声　在奉天城北
惊醒酣睡的秋夜
卢沟桥上　一颗无辜的星辰
被挑衅的子弹击落
淞沪　江海之门　垒起血肉黄昏

巍巍太行　仇恨的彤云下
火种　热血　坚守寒冬
闪闪忠骨　高过山的雄伟
滇缅荒道　壮士远征
血　流在同一个目标上
然后　尸骨零散地归还
祖国　夹道悲迎数十里
哭：你再也喝不到我的苦荞酒了
烈火焚尸的将军
与我同一个故乡 *
窑洞精神　以黄土和小米的坚韧
让东洋屠刀　软如他们无奈的惊恐

关山　连天的号角
将苦难凝成倥偬的烽火
森林与荒漠　高举钢铁的烈焰
趟过冰河　泅过血海
冬雪　在壮烈地燃烧
大刀　以雷电的锋利　杀退鬼匪的暴戾
大地　在夕阳下
以青铜的铿锵　高歌

疆土　兵锋四指
投笔从戎　毁家纾难
儿女情长离乱出惊天的气节
诠释生死

家国　血脉　旦夕存亡
一杆杆旗帜下　义勇
无畏地扶起弯曲的阳光
和每一棵草木
将荆棘与烈火种在胸中　无敌
英魂　镌满丰碑

血沃中原　野草蓬勃了一个又一个春天
季节深处　永生的光芒
用一朵朵殷红的鲜花　指认故乡
山河万里　我在爱恨相接的地方
邂逅国殇和弹痕的泪点
认真选择着哭泣还是铭记

注：戴安澜将军的故乡安徽无为，是我的邻县。

老　兵

在墓地的边缘　你
手捧枪声
回应祝福的礼炮

伤口与废墟　皆已鸟语花香
清明　小雨　独坐黄昏
用唯一私藏的子弹　下酒

墓碑上的壮怀忆起　山河泣血
如今　仅剩的一只独眼
永远瞄准　一场场血战

昨夜梦中　你又唱了老歌一曲
王二小正是你当年的玩伴
岁月沧桑成一根拐杖
提醒着每一条走过的路
越疼　记的越深

战火　勋章　处处青山
世道挑战着历史
身形弓萎　不及一杆枪的高度
淬火的骨头
七十年过去　仍有铁血梦想

弹片种进躯体　伤疤　长成牵挂的小岛
让夕阳不肯老去
心脏是最后一颗子弹
点燃血脉　烈如金汤

缺损的纽扣

被罪孽的子弹击中
英雄长逝

留下半枚带血的纽扣
像那个黎明　孤单的残月
星星全成了泪水
落进战火的深夜

子弹被骨头紧锁　归葬大地
向后来的草木和每一株禾苗叙事
讲述人性的善恶
纽扣　在一轮轮沧桑中
被人世珍藏
横揽热血与烈火　铁锤下
锻造镰刀　渲染旗帜

历史在弯月下　演绎一场场无奈的刀枪
敲破古铜　长城依旧不倒
我们的队伍　越过遥远的弧形山系
和江河上游一道道弯弯的流水
用所有的血肉
堆成正义的高山
并将一个个零散的故乡
拼成圆满的东方日出

半枚纽扣以马蹄的形状
追随声声军号一路至今
仍牵挂着母亲小包袱里的根根针线
缺损的创口被记忆淬火

穿越无数弹孔
收割首饰和珠宝　以及
黄河岸边的一个个秋天
太阳照耀着勋章和疤痕
我在弯弯的月亮下擦洗银器

弯月一样的纽扣
长　两万五千里　广拥山河
厚　上下九十年　立地顶天

木　船

船的世界岂止是撒网捕鱼靠水吃水

春天的深夜插上红帆改变一生的航向
满载雪山草地的精华
像走线的飞针　在鸿沟之上
缝补江山

双桨　伴着震天的呼号
划向生死黎明
这一次不再是夜泊秦淮
历史的水流上摆渡血染的战旗
将天道凝成绝命的长戈
在苦难与血泪的悬崖上

一剑断喉
满江激越的惊涛　递生成
江南无边的春色

向南的细节　牵动着黄河与高山
流弹　急如狂雨　信念不灭
惊心的天堑　演绎血与水的传奇
遍体鳞伤的船啊
浑身的弹洞像一条决绝的潜网
紧紧勒住一个王朝垂死的残梦
我自渊底　仰望晴空
流血的木船　成了群雕的底座
盛世由此开端

木质终归老旧
而吉祥的云雨下
彼岸早已枝叶扶苏　长满果实与花

寻根黔东南（组诗）

面向西南

今夜　打开西窗
风自残月吹下
久远的传说　勾勒心中的陡峭
光阴　轮替永世的苍凉
在一滴泪中　安顿流浪

家书　藏进记忆深处厚如高山
天翻地覆的等待　追随万里江河
在梦中一次次迂回
岁月　将所有的苦难凝成种子
植根于每一次夕阳西下
徙居的羁旅将音讯连根拔起
雁阵驼起无边的天际

227

山水轮转　掠劫万两黄金

栈道　长于呼唤的悠绵
而草木的荣枯
已无力告慰冰冷的泥土
唯春雨将一片归思
见证天下的节日或人间华彩

叩问深山

山道　柔肠百折地穿越百年沧桑
在黔山贵水的边野
用离散的寒暑　还原一个春天

山外青山　无法治愈的伤口上
一片落叶　埋葬得太深
背负生死　天下无家
何止山重水复
借一条流溪溯问
而冷月无语　只将苦寒流泻至今世
在族谱的边缘　刻骨铭心

千山万水　系于一缕乡音缠绕的炊烟
空茫的回应　发自密林深处
一尊山石流血的声响

沉默的天空　用一场小雨
诉说隔世的归心
在天涯余脉里　神殇
僻远的泪光　照亮今夜

百年老树

身影横拦溪涧
却挡不住匆促的流水
是否还能抽一枝新绿
只等落叶何时归根

一粒种子　被天风吹远
南方的大雪下过深夜
在天意中流浪　一等就是百年
青葱的遥念　挂满褴褛衣衫
根须　在红尘的谷底
捕捞冰屑

宿鸟归栖　满山的草木向天生长
无法企及梦中的花香
石凳空得太久　拐杖发芽
为一场奇遇　等得江河泛滥
问今夜的人间　何年何月
忧伤的年轮无法抵达　远方

倒映残月的秋水
所幸赶上久违的四月
用归期点燃树下的哀悯和祈愿

寻踪　沧溟之外　蔚蓝惊心
远天下　云水风雷后
落叶萌春　开满一树的悲欣交集

菖蒲　铭记节日的草

为缅怀抱石投江的忧愤
菖蒲　年年岁岁插在节日隐痛的地方

而我的乡人以草的名字宅居　立世
守护山势拥立的一片高远
红花绿草中孤舟泊岸
节日的由来　带有骨血的印记
淡酒酿就的风声
顺势跨过炎凉　逶迤于
夜雨横飞的关山

劳作的族人清理杂芜
异乡何为　天边原是故土
将一棵夜行的菖蒲
移栽在今世

承纳遥远的春风杨柳
干枯的木柴添进灶膛
让今宵的夜话　越煮越热
我在杯酒中洗练一世的风霜雨雪
越过遍野的稼穑
探寻过往旧梦的深深浅浅

菖蒲可入药
自古方中流传至今
不论沉疴暗疾
或是经世的内伤
在节日的门前
终将被治愈

风雨桥头

万古千秋　源自一茎枯荣的山草
回首　归途直通人心
桥未架在河流之上
却跨过岁月的汤汤大水
经风沐雨
你我都在人世磨难

廊顶撑起的苍天
沦陷于又一个黄昏

关山之外
飘摇着爱恨生死
断魂　无辜的背影永世不归

问何时风雨　欺隐日月
菖蒲沸腾的春残　苍生无怨
忧思高于群山
乡愁　在别梦依稀的草木中获救
让我在古林深处
读懂一条山路的九曲回肠

又一场风雨　村寨已面目全非
我将故乡的流水挂上累累伤痕
卸下惊涛　用断续的亲缘吹弹天籁
攀援明灭的灯火
在辽阔的乡音中安睡
祷念盈月　聚散　陌路同归
一方缱绻的山水
藏有行囊底层
半壶斗转星移的乾坤

孤　坟

黄鹤惊天　影子在异乡发芽
剩下一块不肯滚落的石头

将天降的祸变　苦守成
一个个草青草黄的春秋

在满目的黑暗中饮恨
空竹回声　余生高低不平
幽冥　在昨夜星月俱下的时刻
霹雳惊天
青山横陈枯朽　一星野火
让家院一夜间
散成零落的尸骨
落日荒丘　百草倾伏
破碗　盛不下孤苦的年岁
我无法听见的一声叹息
倒在失神的天空下

以疼痛的支点撑起高山
然后身披古俗的乡情归去
杂草　连年宿命般生长
一炷线香燃尽阴阳
跪拜　叩向晚风吹拂的血泪
空碑无字　无可倚泣的永恒里
题满苦短人生

苍天之下　流淌着一首谣曲（组诗）

秋浦河　诗性的流水

那些年月　半个盛唐　已
岌岌可危地挂在你的诗卷上
谁家酒幡　牵动青山的长发
让诗韵的风雨
在一杯酒里飘摇

在辽阔的人间爱恨
李白的月光　向来就为诗生死
长天古道　远岸是水湄
一声洞箫　扶起故人的影子
明镜秋霜之外
江南雪落春山　然后秋浦之水
轻轻地涨

忧思或苦乐　在风水中逍遥
苍天之下　流淌着一首谣曲
劝一滴水　折回那年的秋天
临岸　船藏在心里　雁影滴落
我在草木之间　听水
渔歌渐渐向青山隐去

泅渡秋浦　听闻月圆之夜
有一袭长衫掠过河面
留下酒香　不饮也醉

十七首诗与一方山水

在此驻足　西望长安
一场秋雨中登山或渡水
酒船看花　题诗万古
然后　十七个月亮落入水中
十七只神鸟藏进深山
十七重风华永世不老
昨夜还在秋浦河边且歌且哭

何年何月　孤舟泊岸
用一场热泪
丈量青丝白发的短长
有蹄声沿水远去　然后花开

白猿如雪　从那年的心中滚落
弄月　天地无边
在一轮明镜中梳理一世的家国情怀
受伤的鸟语　乡愁　顺水漂流　一去万里

秋夜　我将河边的每一颗果子剥开
寻找当年的猿声
而水做的情人正好与我相遇
风过秋浦　已是无数个春秋
遗落的诗文织成锦缎
覆盖山水的叹息
又是月夜　谁在锦绣河山之上
礼揖白云　独对苍茫

树影仙踪

秋思萧条
但千年也未曾泯逝
诗运艰难　你现身之处仍是峰巅
让所有的诗吟再度登高
并昭示天下
诗如盛唐　曾经沧海

诗意的春眠　升华成云影天光
我在秋水之岸　逆风观天

一棵树的背影里

落日已成千年黄花

在猿声与白发中还魂

仗剑触天　报偿多情的山水

黄昏归来　这一次不是巡游

来不及登舟　已被群山端举

让我窗前的一盏孤灯

在某个深夜　逃过漫天大雪

秋风又一次吹在九曲的河水之上

草木一寸寸长高

在诗性的长衫下枯荣

只要你常去杏花村饮酒

秋浦河两岸　仍是仙境诗乡

大龙湾　天设的问号

流水和人心盘绕一则千古之谜

所有的苦乐与欲念

一次次被传闻点化

山高水深　黄金的绳索勒紧美梦

舍身　万仞石壁照不透水的深浅

星空注视着人间的私妄

237

手捧陶罐　赤足取水
代代相传的河流只能越汲越深
将命运的轮转与痴狂
囚禁于一湾神秘莫测
天堂倒映　谁在涉水捞月
背负一笔心债

家园风调雨顺　崖下小居
神启　藏于旧岸
天地恩养　福报万物
只是那得道高僧
留下一个字的乾坤
让世人抱着河水猜问

梦登九华

今夜　秋浦之水大于每一次涨潮
水岸依旧有山
依旧被人世供奉
我越水登岸　绾起满头青丝
一去五百年

塔影招魂　满山的草木托起高悬的头颅
在七七四九的法事之后
我安心地吞咽黄昏

茶圃桑园　种在人间之上
钟鸣高于万物
而我仍须仰观天台

面对香火　烛泪
拣一块铁石　磨砺着山中七日世上千年
佛光在天意的夹缝中照我
不谙前世来生
天台寺端坐在日月之下
上界　从人间开始倒叙

山上下雨　在人间泛滥
万类归心　我用须发祭扫天阶
老僧提悟　佛与道皆懂
向善　须肢解人心
满山的石头不知是佛是道
一念的虔敬　能否逃离今生

飞鸟无根无忌　来去由身
而我在佛山道水间迷路
用烟火塑佛　日月涂金
尘世有乐土　一梦醒来
大雪覆盖了我的天窗

将故乡思念成一轮圆月（组诗）

走向天边

水　自古就流向东方　明月向西
鸟的归途在夕阳的尾部
被明月胡笳弄成丝丝褴褛
题别秋水　绸缎绫绢呼唤苍生
我在凡世一寸一寸地吞噬遥远
逃难的踪影　躲不过阴晴圆缺

月光的羽翼　曾护卫着每一只白羊
银辉下　大地成了一张白纸
描绘繁盛和荒凉
我手握雁羽　从画中复活
将虚拟的黄河扶上云霄
然后掀开帷障留下背影

无限辽阔中　天涯回首

不眠之夜　废墟情有独钟
在故乡饮酒的人　忘不了披星戴月的歌声
将水做的月亮举起
用一场细雨冲洗银两
挖下深坑　重起高楼
今夜的明月心力交瘁
坚守后还是启程
顺水推舟何尝不是一种无奈
将念念不舍挂上高枝
再远也能看得见

江水　流动的月光

船行千里　月光与水一同泛滥
灯火人间　笙歌夜夜
从心中流放　抱紧圆月一样的镜子
照见白发
江水太长　无人修剪
若不是时常打理
须发晃一晃就是流水
月光下　或许也能载舟覆舟

离得太远　即会断流

谁在江边泼墨　潮水重生
长沟流月　上游
乡愁和血脉顺流而下
拆一封信就梦回故里
今夜的月光　在平沙上碎成一句一句的诉说
最后被一星萤火叮上

鸟羽掠过深秋　漂浮
雨在心中下成一杯水
到不了彼岸
一天深夜　我踏过苍茫大雪
将故乡思念成一轮圆月
所有的涛声都是月光堆积的
在眉间聚散

月问　何时还家

在异乡举头　依然有明月
今夜霜白　万户捣衣
无数个从春风到秋叶的距离
丈量着宿命
雁声惊寒　带着月下的影子　飞
一弯眉月　挂上荒枝
远游　将熟透的果子埋葬
夜空　青天有母乳的颜色

一滴泪水也有潮汐
然后月落　啼声在霜天之下
想起月夜　母亲去河边担水
两只木桶各自漂浮着半片岁月
将一盆清水泼在门前
让自家的月光流淌起来
后院梨花　一朵朵开出月光的颜色

转瞬天变　"风雪交加"
设定一个节日　是回家的理由
在一场相逢中求醉
银器的光芒镀染天边
锦衣搀扶满堂的烛火

山影　倒在月下

鸡声茅店　门在寒水边打开
水是一面镜子　照见山高月小
前世我雇不起车马
只好星夜赶路
行囊越背越重　山一样压在归途
山上有月　月在水中
我沿路细数白露玉阶
唯一的灯笼照不透晓风残月

转世　仍在河边行走

每日试探深浅

憔悴的风声打磨落日

从匆忙的光阴中抽出神思

浸水再晾干

藏身万家灯火

一边寻找月色　一边背诵唐诗

用人间草木抒情

把曾经的高山画在纸上

顺手添一笔黄昏的牧歌

走过荷塘与桂树　再登高望远

一池清水

照山　照月　照苍老的容颜

然后白莲花开

古道上惊心的蹄印

如当年的半轮秋月

绕过山影　去往故乡

中　秋

婵娟出浴　谁在花间饮酒

多少个月夜　独守寒路　对天同孤

远方　荷锄晚归的人

再一次种植圆满的童话

我策马夜行
追随一枚飞翔的白果
有人收起铜镜　对着湖水梳妆
将古往今来的盈亏
归敛成怀揣誓约　临窗一望

时光久远
今夜的桂香乱成一场细雨
我在秋凉的中心举起白银的杯盏
记忆的节日挂在无眠的深夜
自编的剧情中
月　水一样笑着
照亮遍地乡音

今夜欲寻归途　只走水路
渡过内心的江河
将泪珠一滴一滴攒起来
凑成一轮满圆
升起于落叶一样的萧萧雨声

我在高楼的影子里唱歌

往事　仍在口口相传
心中尽是刚刚别离的面孔
仿佛有人在叹　我亲爱的故乡
高楼　再往上一点就是天空
我在高楼的影子里诉说着
所有光芒的不幸

歌声潜回灯火
在一滴酒中敲击寒窗
然后唱出醉意如风花雪月
青山绿水散成飞花
迫使我分秒必争地观望风向
越过梦想　摘一片蓝天的叶子
让所有的飞鸟认可我的悲伤

原野夜风吹散花瓣
浸透月色鲛绡

踪迹植根处　疲惫的音符
在深深泽国中无悔
坚守诗情的孤高和心意的空寂
一只鸟儿在烂开的花间独自倾诉
起身　穿越繁华　哭泣在远方无奈

歌罢　像一次死亡沉入深深水底
圣洁的天宇　挂满沉默
谁在回首苍凉　打捞着别人的遗忘
在天地的夹缝里　我激情斑斓
光芒四射地哭了一次又一次

昨夜东风

247

歌唱别人　也歌唱自己（后记）

有人说，写诗的人即为诗人。

又有人说，通过不懈的自我修为，使自身的人格、性格乃至灵魂，得到诗意的升华，从而满怀诗情地栖居于天地之间，才是真正的诗人。

我常自诘：今生何为？我从诗中求得了什么？任何一首诗都无法析解其间玄奥。

自少年浮梦的悲欢发愿，在芸芸众生中诚善自苦地体验，间或有随风的流矢，射中凡庸无为的落寞，初先，缘兴直抒；继而，有感而发；终成，生命使然。自贫俗中举臂祈天，愿念与欲求或在内化中悲怯消泯，或因虚想而孤寒，终不得神启与妙谛，转而常言，我追求我得不到的，我得到了不追求的……

曾有诗者写到："真正美好的事物，不展示美，只提供想象。"我曾力求从不同的时间、空间审视或追索，探寻源于生命深处的愿望所能展示的深刻的自察与觉醒，以丰富的内涵，无限可能地为诗而行。寻觅与世界共识的精神契点，并通过自觉的认知与思考，加深自我的美学判别能力，在万相迷障中超脱或眷恋，流连与坚守，完善自我精神世界的多元重构。然现实无法随愿，只一粒寒星，孤引永世；我从预设的基点初起，难违宿命之指向，遂以感悟的情思，洗练与生俱来的异质；尝试着泅渡嚣浮，抵达遥不可及的远岸，在僻陋人稀中自我疗救。有诗评家曾言："以自己的才华使自己获得幸福的人是才子，以自己的才华使自己获得苦难的人是诗人。"世事苍茫中，试图揭示生命的本真，我选择在诗中磨难，无疑是对苦难的自我正视与接受，幻想在人世的黑洞深处，用仁爱与悲悯作人性的修为，以期穿越精神的芳菲大野。而当胸怀与心智归寂于空淡，每一次诗写，都是在幸福的边野，对未知苦难的尝试；每一次诗写，都是从私怀的营构中，对灵魂的叩问。在人格与性格的自觉诗化过程中，或将褴褛的衣衫撕成碎片，染成缤纷灼眼的彩旗，招引太阳。一万年之后，当太阳重新升起时，能否记得那个风雪交加的黄昏？于是，一发响簇错伤自己，错伤所有爱我的人。我是个诗人，因此我永远苦难深重，无家可归；在隐修与自牧中，唱一首美丽而忧伤的曲子，歌唱别人，也歌唱自己。

2018 年夏，有幸去青海参加了一次与诗有关的活动，就我的小城陋室而言，此应是远方了。我立于昆仑余脉仰视雪峰，行于祁连之麓，穿越无边的草原，有经幡拂天、牛羊盖地，孤旷苍莽、刻骨铭心的辽阔深处，似乎是神庙主宰人间，凡身纵使走方八面，也是匆匆驿客，终非故事主角。在诸多的寺庙及与之相关的场所，遍睹五体投地的信众，手持经轮，倾命匍匐。我非信徒，无法舍身甘苦，感受天恩与福佑，但何尝不是祈念，报晓的钟声响起，神话般的奇迹，彩霞似地出现在天边。凡常的尘嚣对比着寺庙，供奉着寺庙，同时也是寺庙的灭顶之灾。寺庙在世风的互依互存中，或将终被荒弃于心灵之外，诗人的宗教同样在衣带渐宽中，因守不来一枚投币而僧尼四散。关涉生死的灵符和身契废纸一样飘飞，诗人最终将自己从波诡云谲中写进一则讪意相向的寓言，在宏旨与微情的夹缝中，口衔苦果，彻夜呻吟；在绝念与反祷中手捧衣钵，敲破钟鼓，自囚或超升皆非一己之力可践。香火萧残时，自嘲当初的皈依，在离经叛道的末路可否蓦然回首？

枝叶惊秋，夕阳尚未西下，与谁向死而生。

天门顿开，岁月静好。在仰攀或流徙中演进，寄歌哭与雁阵，遗爱恨于逝水。

昨夜东风，花开花落。

以一种情怀把盏且讴颂。回首，独对江湖春秋，一枚落叶，砸伤自己；于是，风雨尽处，点燃血脉，自蹈于孤矜的精神栖所，缱绻于盛开的月光之下，然后，烛照漫天大雪。

作 者

2020 年 6 月 18 日